Domenico Vasile

IPNOSI
Romanzo Thriller

Edizione Stampa 2020

Romanzo Thriller
di Domenico Vasile
finito di scrivere ad aprile 2020 ©
email: domenico.vasile@hotmail.com
Progetto grafico
di Domenico Vasile
Immagini di copertina
da Pixabay

IPNOSI

Nei meandri della mente

La mente a volte mente

Capitolo I

Consuetudine

Portland, Oregon ai giorni nostri.

Ogni volta che si ritrovava in quella sala d'aspetto, il povero Dan Twice non poteva fare a meno di calarsi inconsapevolmente in uno strano stato di agitazione. Eppure erano già otto ormai le sedute avute in quello studio nel centro della città. La dottoressa Norma era solita chiamarlo col suo classico cenno della mano affacciandosi all'uscio della porta d'ingresso. Dan cercava di calmare i suoi battiti accelerati guardandosi intorno, concentrandosi su qualsiasi cosa fosse presente in quella stanza d'attesa. Una volta osservò così tanto quel grande quadro appeso alla parete, raffigurante alcuni cavalli indomiti, che ne poté sentire quasi il nitrito. Tant'è che la dottoressa, in quell'occasione, lo dovette chiamare più volte prima che ritornasse alla realtà. Dan era fatto cosi, conduceva una vita monotona, nella sua bella casetta circondata dal prato sempre ben curato, tagliato su misura. La sua auto sempre lucida e rimessa in garage tutte le sere. Con la sua famigliola, di ceto medio alto, viveva nella pacata cittadina di Portland nello stato dell'Oregon. Con le sue aree verdi e la vicinanza dei fiumi che la rendevano rigogliosa ed affascinante al tempo stesso. Il suo cane però, nell'ultimo periodo risultava essere un po' nevrotico per la passeggiata quotidiana.

Quel meticcio color nocciola, che lo stesso Dan trovò cucciolo anni prima, nei pressi del Washington Park, quella mattina di tanti anni fa, in pieno inverno. Ricorda ancora oggi quel tenero episodio di un cagnolino che emetteva piccoli lamenti ricoperto dai rifiuti, accanto ad un bidone della spazzatura.

«Chissà quale essere malvagio lo abbandonò lì», pensò Dan . Che non perse tempo, si tolse la giubba e lo ricoprì frettolosamente per placarne il tremore. Lo portò a casa e cominciò ad accudirlo con tanto amore fino a che non divenne un cagnone vivace e scodinzolante.

Sembrava trascorso un lasso di tempo talmente ridotto ed indefinibile eppure, erano ormai già sette anni che convivevano e passeggiavano insieme lungo le rive del fiume Willamette, dove sorgeva una lunghissima pista ciclabile, inaugurata proprio quando Buck era ancora un cucciolo. Sì, quello era il nome che gli diede la prima volta che lo prese in braccio alzandolo verso il cielo ed esclamando in tutta felicità.

«Ehi, benvenuto tra noi! Ti chiamerò Buck».

La gioia di quel cane era scorrazzare su e giù per i larghi viali senza l'ausilio del guinzaglio. Correva e saltellava rincorrendo libellule nel parco. Alle volte si allontanava un po' troppo, ma bastava un fischio e il padrone lo riportava subito ai sui piedi.

Dan aveva un modo singolare di fischiare, a differenza della maggior parte dei suoi amici che usavano il pollice e l'indice, creando una sorta di anello a premere la lingua per far fuoriuscire il suono, lui usava due mani portate alla bocca e per la precisione i due mignoli all'unisono. Il suono che ne produceva era a dir poco assordante. Lo aveva imparato per strada, durante i suoi giochi con gli amichetti nella vecchia Portland di un tempo, quando si passava la maggior parte della giornata all'aperto a correre nei campi e ad arrampicarsi sugli alberi. La sua città era tanto cambiata negli ultimi quarant'anni, ora di zona verde era rimasta solo l'area fluviale. Il resto si ergeva in palazzi e grattacieli. Per quelli come lui, che ci avevano passato una vita intera in città, in questi tempi moderni un po' di rammarico rimaneva nell'animo. I suoi vecchi amici erano quasi tutti andati via, chi per studio, chi per lavoro .

Solo un paio rimasero in città, ma pur vivendo nello stesso luogo si erano persi di vista. Ai tempi dell'infanzia, con i suoi piccoli amici, era solito scalare gli alberi di ciliegio, che in primavera sfoggiavano dei colori vivaci nel loro periodo di massima fioritura. Molti di quegli arbusti nascevano proprio di fronte al ponte di ferro sul fiume. Ponte che loro stessi denominavano "Il Mostro", per via della sua mastodontica ferraglia ammassata tra le due rive del Willamette. Nei pressi del ponte c'era un tratto di riva sabbiosa, che affiorava con la bassa marea, a favorire le loro passeggiate e scorribande. Quella rena diveniva un po' melmosa, con una sorta di acquitrino a ricoprirla. Un albero di ciliegio era nato proprio a ridosso di quel pantano, con le radici piantate su quella sponda posta qualche metro più in alto della riva e alcuni rami che si estendevano sopra il fiume.

Dan era un abile scalatore e andava a posizionarsi proprio in punta a quell'ultimo ramo, il più esposto. Così da poter guardare dall'alto quello stagno, che si formava ad ogni riflusso. Seduto con il ramo fra le gambe e i piedi incrociati a mantener salda la presa, poteva scrutare la presenza delle rane di sotto. Lo stagnare delle acque favoriva l'arrivo degli anfibi per la deposizione delle uova. Ad ogni avvistamento, lo scaltro Dan richiamava i suoi amici col suo tipico fischio assordante, indicando con un gesto della mano la precisa posizione della preda. I suoi compagni lo guardavano da sotto e poi partivano fulminei con la caccia, sguazzando festosi nell'acqua bassa. Armati di fionde cercavano di colpire la disgraziata di turno. Ad ogni rana catturata, Dan con il suo coltellino praticava un intaglio su quel ramo. Memorabile fu quella giornata, quando i due di sotto non facevano in tempo a fiondarne una, che subito arrivava il fischio per la prossima. Ne catturarono ben una dozzina.

Il retino era strapieno quel dì, e a cavallo delle biciclette si partiva per andare a consegnare il bottino a Zio Ennio, quello del ristorante italiano. Il simpatico baffuto era sempre contento di vedere arrivare le bici con i ragazzi. Quando sentiva gli schiamazzi davanti la porta d'ingresso, usciva fuori con il suo grembiule unto e accennava quel sorriso sotto i baffi, mentre si puliva le mani con lo strofinaccio, che poi riponeva sulla spalla. I suoi piatti di rane fritte però, erano una prelibatezza per i palati più fini. Dan odiava quell'odore di olio fritto e rane, ma una volta ogni tanto Zio Ennio, per ringraziare i suoi procacciatori di fresca materia prima, li riempiva di fritture da portare a casa per la cena. La mamma di Dan ogni volta che lo vedeva rientrare con il sacchetto sgocciolante, incominciava a sbraitare e gli ripeteva adirata.

«Il fritto fa male al fegato!».

Solo il capo famiglia, il signor Twice, gradiva quella cena odorosa, facendo man bassa di cosce croccanti, mentre sorseggiava vino e guardava il suo figliolo che invece rimaneva immobile a fissare il piatto.

«Be', che fai lì impalato, non la mangi quella frittura? Perché allora andate a caccia di queste povere ranocchie?». Lo beffeggiava ridendo con la bocca piena.

«Non ho fame», rispondeva il ragazzo scostando il piatto davanti al suo posto, e poi si congedava andando in camera sua, chiedendo il permesso di lasciare la sedia ovviamente. Scappava per rifugiarsi sul suo letto con la testa sotto il cuscino, assorto nei pensieri di adolescente.

Ogni mattina alla buon'ora il neopensionato Dan Twice scendeva le scale per andare in garage dal suo Buck, e quel cane fedele quando sentiva il rumore dei passi cominciava a scodinzolare felice con la sua coda arcuata, impaziente di uscire a passeggiare col suo padrone. Ma negli ultimi mesi però, guardava Dan con occhi diversi, guardinghi, quasi impauriti. Segno che il suo padrone emanava delle energie negative, e solo un fedele compagno di vita come Buck poteva avvertirlo sicuramente prima degli altri.

La moglie di Dan, presa dalle sue faccende domestiche e dalle sue telefonate con le amiche per l'appuntamento del sabato mattina dalla parrucchiera, non fece caso più di tanto allo sguardo spento del suo caro marito che si aggirava per casa da un po' di tempo a questa parte. Fino a che successe quell'episodio che portò tutta la famiglia Twice a prendere la drastica decisione di mandarlo in psicanalisi da un buon medico.

Quello era un giorno di pioggia battente e neanche Buck poteva fare la sua passeggiata mattutina, infatti si rifugiò buono buono dentro la cuccia e seguitò a sonnecchiare aspettando di rimandare l'uscita alla fine del temporale. Verso la metà della mattinata, lo scroscio terminò, lasciando spazio ad una fievole luce del sole che si faceva spazio tra le nubi. Buck incominciò ad attendere impaziente il padrone, ma questi non arrivò. Sempre più eccitato iniziò ad abbaiare, sapeva che non doveva farlo nel garage, ma il suo era soltanto un piccolo tentativo di richiamare l'attenzione, eppure di Dan neanche l'ombra. Era sabato e la signora Twice si destò per preparare il pranzo in tutta fretta, visto che l'appuntamento dalla parrucchiera era fissato per le ore undici in punto come di consueto. La sua amica fidata sarebbe passata a prenderla con un quarto d'ora di anticipo, con la sua auto nuova e con tanta voglia di spettegolare sotto il casco per la permanente. Gironzolando per la cucina stranamente non trovò in casa il suo consorte. Dapprima non ci badò più di tanto , convinta che fosse uscito con il cane, ma quando sentì quest'ultimo abbaiare dal garage, la donna incominciò a preoccuparsi.

«Ma dove diavolo è finito Dan?». Lo urlò per tutta la casa, mentre si muoveva freneticamente tra i fornelli ed il bagno. Anche la sua adorata mammina, ormai quasi novantenne, iniziò a rincarare la dose.

«Eh...!! Chissà dov'è andato a finire. Da quando è in pensione lo vedo molto strano quello lì sai?».

Già, sarà stata forse la così tanto agognata pensione che portò Dan in uno stato confusionario, che quella mattina lo fece tornare a casa dopo il temporale, tutto sporco e sudicio di fango. Era stato fuori tutta la notte, ma non si ricordava cosa aveva fatto. Forse era uscito durante la nottata, o forse non era andato neanche a letto la sera prima, chi poteva dirlo. La signora Twice era solita andare in camera da letto prima di lui, per poter effettuare tutte le sue operazioni di bellezza prima del sonno. Mentre Dan si tratteneva sempre in soggiorno a guardare la televisione fino a tardi, con qualche birra in mano per conciliare una profonda dormita.

La vecchia signora Halved, sua suocera, rimaneva per quasi tutto il giorno nella sua camera da letto, visto che, da un po' di tempo a questa parte, aveva preteso una televisione nuova e durante il pomeriggio poteva godersi tutti i suoi programmi preferiti.

Quando l'uomo si presentò alla porta suonando il campanello, probabilmente perché aveva smarrito le chiavi di casa, oppure non se l'era neanche portate dietro, le due donne emisero un urlo che fece sobbalzare persino Buck in garage.

«Ma come ti sei conciato??? Dove sei stato fino ad ora, sotto la pioggia e in mezzo al fango??». E via di seguito con domande sovrapposte e urlanti da entrambi i lati. Dan le guardò spaesato per tutto il tempo, rimanendo sempre immobile sull'uscio di casa, fino a quando emise solamente un sommesso suono.

«Non ricordo....!».

Premurosamente, nonostante le urla inveite contro il malcapitato, le due donne lo accompagnarono nel salotto e lo fecero accomodare sul divano. La sua consorte sfilò i suoi scarponi, che pesavano il doppio per via della fanghiglia che si era incollata sotto le suole. L'arzilla suocera invece, che proveniva dalla facoltosa famiglia degli Halved di Portland, accorse subito con un bicchiere d'acqua per rifocillare il disorientato genero, anche se lo fece con un fare nervoso e con il pensiero fisso che si ripeteva ormai da anni e ripeteva regolarmente anche alla sua figliola.

«Non te lo sposare quello lì, è solo un meccanico squattrinato!!». Si, perché l'allegra vecchina, ormai arrivata alla veneranda età di ottantanove anni, faceva parte della Portland bene di un tempo, con due fratelli avvocati in pensione e i loro figli che tutt'ora portano avanti lo studio avuto in eredità dai loro genitori. Da qualche anno avevano trasferito lo studio legale nel prestigioso complesso delle John Ross Tower e, a vedere da quell'andirivieni di clienti, il loro operato doveva fruttare molto bene. Lei rimase vedova molto giovane e, con l'unica figlia da crescere, non poté seguire i suoi fratelli negli studi di avvocatura. Perciò si dedicò per la maggior parte della sua vita a fare la mamma a tempo pieno con l'aiuto economico della sua famiglia d'origine.

Quando sua figlia divenne maggiorenne conobbe Dan, un ragazzo proveniente dalla periferia con un passato ambiguo, quasi sconosciuto. La signora Halved fu sempre contraria al loro matrimonio, ma non poté fare molto dinanzi all'amore tra i due. Per forza di cose, vista la sua età che avanzava, la giovane coppia dovette ospitarla nella loro dimora coniugale, e da allora se ne stava lì in casa ad osservare e blaterare pur facendo finta di non dare fastidio.

Dan si sentiva letteralmente oppresso da quella figura, infatti prima di andare in pensione, cercava di stare il meno tempo possibile in casa. Era arrivato al punto di tornarci solo per mangiare ed andarci a dormire. Quando invece era giunta l'epoca del pensionamento, e quindi per forza di cose si ritrovava tutto il giorno senza far nulla, doveva inevitabilmente scontrarsi con la presenza della sua attempata suocera. La signora trovava errata qualsiasi iniziativa di Dan, persino la scelta del televisore fu un'impresa ardua per l'uomo che, tornato dal centro commerciale con l'ingombrante pacco nel bagagliaio dell'auto, dovette scaricarlo e poi ricaricarlo per farne un reso merci. Tutto questo soltanto perché la suocera non gradiva quel tipo di schermo curvo che, a suo dire, era troppo moderno e le dava fastidio agli occhi.

Per questo e per altri episodi che caratterizzavano la loro difficile convivenza, Dan cercava di evitarla. Infatti, l' assecondarla nella scelta di quel televisore non fu una mossa vana, visto che il nuovo elettrodomestico la poteva trattenere in camera sua per tutto il giorno, il più lontano possibile da Dan.

Vita da meccanico

Portland, Oregon anni '70.

Ancora minorenne, Dan era stato instradato sulla via del lavoro. Il padre, autoritario e gran lavoratore d'altri tempi, nonché veterano di guerra, aveva preferito mandarlo ad esercitarsi in un'officina meccanica piuttosto che farlo proseguire negli studi. E così quel ragazzo si ritrovò a doversi svegliare tutte le mattine alle sette, per essere puntuale a lavoro per le ore otto, quando le serrande dell'officina si alzavano. Mentre i suoi coetanei scorrazzavano liberi nei parchi a giocare e a perder tempo per strada, oppure ad andare a scuola quando lo ritenevano opportuno. Lui si liberava solo quando calava la sera ed era così stanco che alle nove andava a letto, dopo un lauto pasto rigenerante.

Sin da piccolo subì l'autoritaria presenza del padre in

casa, un uomo all'antica che faceva da padre e padrone con una moglie che acconsentiva a tutta la sua arroganza. Dan a scuola non era mai stato una cima, era molto pigro e non aveva tanta voglia di studiare, seppur intelligente e sveglio per fare altre cose. Preferiva passare il tempo a pensare e fantasticare nella sua mente, piuttosto che leggere ed applicarsi. Il momento tragico arrivava puntualmente quando i professori avevano il colloquio con i genitori, ogni volta la mamma tornava a casa con il broncio per i voti insufficienti che il figlio riportava. Erano proprio quelle le serate più brutte, quando il padre rientrava dal lavoro stanco ed affamato e la madre doveva raccontargli il rapporto scolastico avuto coi docenti. Il signor Twice, senza voler sentire ragioni, cominciava ad urlare contro Dan che scappava via in camera sua a piangere, gettandosi sul letto con il cuscino che gli ricopriva la testa. Una volta strinse cosi forte quel guanciale sulla nuca che gli mancò quasi il respiro, assorto nei suoi pensieri di adolescente che voleva cambiare il mondo ed il trascorrere degli eventi, con la sua voglia di andar via, fuggire chissà dove.

Ma alla fine il pianto terminava, i pensieri rivoluzionari svanivano pian piano ed il giorno seguente si tornava a scuola a non far nulla come sempre. Perdeva tempo a guardare fuori dalla finestra mentre la professoressa spiegava la lezione. Pensava alla sua giovane età e a tutto il tempo che aveva a disposizione per poter fare qualcosa di nuovo, di eclatante, che lo facesse sentire realizzato nella sua vita futura. Come quando quel giorno, suonata la campanella della ricreazione, tutti i suoi compagni di classe uscirono in corridoio per fare la merenda e lui rimase assorto nei suoi pensieri con lo sguardo perso oltre le vetrate, a contemplare gli alberi del grande giardino davanti la scuola. Tutti uscirono, tranne una ragazza, Dorothy. Con la sua classica dolcezza gli rivolse la parola.

«Dan, ma che fai? Sei tra noi?».

Il giovane sognatore si destò all'improvviso e si ricompose, arrossendo in volto come sempre dinanzi ad una bella ragazza come lei, e le rispose in maniera imbranata.

«Ciao, si....si, ero sovrappensiero!». La ragazza gli sorrise, con i suoi capelli rossi e quel velo di lentiggini che le ornavano il viso, poi andò fuori per unirsi al resto del gruppo nella baldoria ricreativa. Anche Dan si alzò ed uscì dalla classe per seguirla, ma come al solito riusciva a rimanere in disparte anche in mezzo alla confusione.

Quando cominciò a non andarci neanche più a scuola, perché passava la mattinata in riva al fiume a caccia di rane con i suoi amici, il padre decise di contattare il suo amico di vecchia data Big John, proprietario dell'officina meccanica di autoriparazioni e demolizioni. Svegliò Dan quella mattina senza preavviso e lo caricò sul furgone, per accompagnarlo di forza al suo primo giorno di lavoro.

Big John non era un cattivo datore di lavoro, ma voleva che la sua officina portasse a termine gli impegni presi nei tempi adeguati, così spronava i suoi due dipendenti affinché potessero sempre rispettare i tempi di consegna delle auto. I clienti erano molto esigenti e avevano sempre fretta di riavere le proprie autovetture per poter andare in ufficio o a fare la spesa.

Dopo un anno di apprendistato martellante da parte del suo collega più anziano Peter, Dan diventò subito un ottimo meccanico e cominciò anche ad appassionarsi al proprio lavoro. Seppure la sera tornava a casa distrutto, amava stare con le mani sporche di grasso e cercava sempre di accontentare i clienti e di conseguenza il suo capo Big John. Con l'esperienza era arrivato ad accaparrarsi il nomignolo di "mago dei carburatori". Le auto che avevano qualche problemino in quella parte meccanica non erano più un mistero per lui. Aveva un orecchio fine e riusciva a riconoscere dal rumore se la carburazione era ottimale o aveva bisogno di una messa a punto.

Un giorno arrivò in officina una Cadillac lussuosa con i vetri scuri ed il brillante fregio della casa madre che spiccava sul cofano. Dall'auto scesero due tizi, uno di loro aprì la portiera posteriore per fare strada ad un signore distinto e ben vestito, con abito scuro e una sgargiante cravatta color senape. Aveva le dita impreziosite da sfarzosi anelli e inforcava degli occhiali scuri a goccia . Con il sigaro in bocca, l'uomo si presentò ai meccanici in maniera plateale.

«Buongiorno gente, sono Mr. Hoffman e questi sono i miei due cani da guardia», i due da dietro acconsentirono fecendo un cenno con il capo. Dan e i suoi colleghi rimasero per un attimo interdetti da quella scena insolita, le macchine che di solito arrivavano in officina erano per la maggior parte delle utilitarie e i proprietari erano persone semplici, impiegati d'ufficio o giù di lì. L'arrivo di quell'auto lussuosa e di quello strano personaggio destò un po' di agitazione fra i presenti.

«Tu devi essere Dan», disse Mr. Hoffman con aria confidenziale, mentre tirava una boccata al suo grosso sigaro.

Il ragazzo quasi impaurito gli rispose con un filo di voce.

«Si sono io, come possiamo aiutarla signore?».

«E non chiamarmi signore, chiamami pure Mr. Hoffman, mi è giunta voce che sei in gamba figliolo. Vieni che ti faccio sentire la mia Fleetwood Limousine». Era il modello della Cadillac 75 nera con la quale si era presentato. La stessa con cui amava essere trasportato in giro per la città dalle sue fedeli guardie del corpo per espletare i suoi loschi affari. Accompagnò con un gesto della mano il ragazzo verso quella magnifica autovettura e ordinò a uno dei due, che ne faceva da autista, di avviare il motore. Il rombo del potentissimo V8 da 375 cavalli fece tremare i vetri dell'officina anche se l'auto era posteggiata al suo esterno.

«Prego ragazzo, ora tocca a te». Disse Mr. Hoffman

con un sorriso beffardo, mentre spostava il sigaro da un lato all'altro della bocca aiutandosi con la lingua.

Dan intimorito da quella risata cominciò a sudare freddo, già si preoccupava di non riuscire bene nel suo intento e magari di venire punito da quegli strani individui. Si avvicinò al cofano e chiese gentilmente all'autista di sbloccare la leva da dentro l'abitacolo. Il suono dello sgancio arrivò e Dan con due mani alzò quell'enorme cofano che celava un motore rombante al minimo dei giri. Una meraviglia per i suoi occhi, era la prima volta che ne vedeva uno dal vivo, fino a quel momento aveva potuto ammirare quelle potenze meccaniche soltanto sulle riviste di motori, che collezionava gelosamente nella sua cameretta. Lanciò un' occhiata al distinto signore e non poté fare a meno di notare una grossa cicatrice che dal mento gli scendeva fin dentro il collo della camicia bianca. Tolse subito lo sguardo, ma non fu convinto di essere passato inosservato. Si chinò per sentire da vicino quel motore e si impegnò con le mani per individuarne il problema. Il minimo era un po' da regolare sui carburatori, niente di grave. Quando si rese conto che la cosa era fattibile con l'intervento di un semplice giravite, emise un sospiro di sollievo e poi tirò fuori l'arnese, che portava sempre con sé nella tasca anteriore della tuta da lavoro. Involontariamente lo mostrò a Mr. Hoffman come a chiedere il permesso di usare quel semplice attrezzo sulla sua lussuosa Cadillac. Questi gli strizzò l'occhio con un altro dei suoi sorrisi, che prendevano significati diversi a seconda delle situazioni. In questo caso Dan si sentì al sicuro e rispose anch'egli con un accenno di ghigno. Armeggiò per qualche minuto chinato sul motore, con la schiena coperta dal cofano, e poi ne uscì come un vincitore, felice di dare la buona notizia al cliente.

«Fatto Mr. Hoffman, adesso non dovrebbe più darle problemi».

Il proprietario dell'auto allargò le braccia come a chiedere un abbraccio, ma Dan rimase immobile.

«Molto bene figliolo, non avevo dubbi. Non mi hanno parlato invano di te allora!!». Dan arrossì e fece per congedarsi, quando all'improvviso Mr. Hoffman lo afferrò per un braccio.

«Ehi, dove scappi. Ora facciamo un giro di prova, così vediamo se tutto funziona alla perfezione. Sai, sono un tipo abbastanza pignolo e non vorrei tornare qui una seconda volta. Non ti pare?».

Il ragazzo deglutì e tornò in quello stato di ansia che aveva all'inizio. Guardò i suoi colleghi per cercare una parola di conforto, ma i due fecero finta di essere indaffarati sotto le altre auto.

«Dite a Big John che torno tra poco, vado a provare la Cadillac», urlò ai due. Anche se, mentre lo diceva, contemporaneamente rifiutava quel pensiero. Era davvero l'ultima cosa che voleva fare quella mattina. L'autista e l'altro muscoloso collega si accomodarono sui sedili anteriori, mentre Mr. Hoffman e Dan su quelli dietro. L'odore di pelle dei sedili e il profumo di colonia del proprietario dell'auto, non avevano niente a che fare con il tanfo di grasso e di benzina che si portava dietro Dan.

Quella puzza ormai non gli si toglieva più di dosso neanche dopo la doccia. Le sue narici si erano abituate, ma chi gli stava intorno la avvertiva subito. Cercò di spolverare malamente la sua tuta prima di sedersi su quei sedili candidi, ma Mr. Hoffman lo rassicurò con un cenno della mano per farlo accomodare.

«Dai mettiti comodo, se si sporca lo faccio rifare nuovo», e sorrise ancora gettando il sigaro dal finestrino, consumato solo per metà. Doveva essere uno di quei sigari cubani, enormi e scomodi persino da tenere con due dita.

Gli pneumatici emisero uno stridore e l'auto partì a tutta velocità uscendo dal piazzale dell'officina di Big John, lasciando Peter e l'altro meccanico che si guardavano tra loro spaesati mentre si pulivano le mani con lo straccio.

«Ehi ma lo sai chi è quello?». Disse Peter al suo amico.

«Eh si, lo so. Chi non lo conosce quello lì! Ha in mano mezza Portland». Rispose l'altro con fare nervoso. Forse Dan, data la sua giovane età, non aveva ben capito chi fosse veramente quell'elegante cliente con la Cadillac, ma presto l'avrebbe scoperto da sé.

Disturbi notturni

Portland, Oregon ai giorni nostri.

Prima di quel famoso e tragico sabato mattina, quando Dan si presentò alla porta di casa inzuppato ed infangato, le sue notti non trascorrevano del tutto tranquille. Aveva gli incubi e parlava nel sonno.

Quello del parlare nel sonno è stato sempre un problema per lui, ma non ci fece mai caso più di tanto nel corso della sua gioventù. Anche perché, essendo figlio unico, aveva a disposizione la sua cameretta singola e nessuno lo poteva sentire blaterare nel buio. Quando invece andò a vivere con la sua cara mogliettina, quest'ultima iniziò a farglielo notare.

Le notti travagliate, che nei primi tempi erano sporadiche, nell'ultimo periodo stavano diventando sempre più frequenti. A parte il suo fastidioso russare, le notti venivano colorate ancora di più da improvvisi scompigli. Il suo inconscio produceva degli incubi che tendevano inevitabilmente al risveglio per potervi sfuggire. Il problema era che la sua mente si risvegliava, o per lo meno rimaneva in uno stato di dormiveglia, ma il suo corpo dormiva profondamente. Era una vera e propria paralisi del sonno quella di cui soffriva. In pratica i suoi sogni o incubi, molte volte simili ad allucinazioni abbastanza terrificanti, lo indirizzavano in uno stato confusionale e di ansia che lo spingeva inevitabilmente a volersi svegliare per sfuggire ai mostri che lo perseguitavano nel sonno.

La difficoltà giungeva proprio nell'istante in cui voleva lasciare quel letto pieno di paure, la sua mente desiderava farlo, ma il suo corpo non rispondeva a nessuno stimolo ed i suoi arti non producevano alcun movimento. Così scattava il sonniloquio, confuso ed indecifrabile. Partiva con frasi sconnesse pronunciate a bassa voce tra i denti, fino ad arrivare all'urlo finale, che inevitabilmente svegliava la signora Twice sempre più infastidita dal non poter riposare.

Successe proprio durante la prima notte di nozze, dopo i festeggiamenti del loro matrimonio passarono la notte nel Motel dove avevano deciso di fare tappa per la loro luna di miele. Partirono subito dopo il rinfresco con i classici barattoli di latta legati dietro l'auto, quelle lattine producevano un rumore assordante strisciando sull'asfalto, infatti all'arrivo in quell'albergo Dan decise di recidere i fili e disfarsene nel primo bidone. Avevano da fare ancora metà del loro percorso per raggiungere la costa californiana e, transitare ancora per circa cento miglia con quel rumore assordante nel posteriore dell'auto, sarebbe stato insopportabile per le emicranie dell'uomo. Dopo essersi sistemati in camera per una notte di passaggio, stanchi ed assonnati per la giornata movimentata, Dan si addormentò quasi subito, mentre la novella sposina seguitò a sfogliare le sue riviste preferite, che non dimenticò di mettere in valigia neanche il giorno del suo matrimonio. Verso le tre del mattino però, imperterrito arrivò il disturbo notturno di Dan. Si presentò con un inizio di movimenti agitati del corpo che via via diventarono sempre più vistosi. Anche le frasi sconnesse iniziarono a rompere il silenzio della stanza. La moglie si girò di scatto pensando ad un malore, ma poi si accorse che Dan dormiva e che si agitava nel sonno, quindi collegò subito l'accaduto ad un brutto sogno. Ma quando il suo novizio marito iniziò ad aumentare sempre di più le sue convulsioni ed il volume della sua voce, la signora si cominciò a preoccupare sul serio.

«Dan, ma cosa succede?». Gli disse cercando di calmarlo con un gesto della mano sulla fronte sudata. Ma lui non era in sé, perdurava in uno stato di incoscienza, era in preda ai suoi incubi e continuava a combatterli cercando di scuotere il suo corpo con movimenti scomposti.

Un senso di soffocamento lo sopraggiunse quando toccò l'apice delle sue paure, fino a che l'urlo roboante e liberatorio sfociò inesorabile come un ultimo grido di aiuto verso il mondo reale. La signora Twice a quel punto si destò dal letto e accorse dall'altra parte del capezzale per confortare il consorte con delle carezze, ma notò subito che quello aveva un viso pallido, quasi verdastro, tutto imperlato di goccioline di freddo sudore.

«Dan tesoro, calmati! Cerca di respirare piano, è stato solo un brutto sogno? Adesso chiamo la portineria e vedo se c'è bisogno di un medico». Lasciò Dan seduto sul letto ancora ansimante e frastornato e si precipitò al telefono sul comodino. Tremolante vide una targhetta incollata sulla superficie dello stesso che riportava una scritta: "per la reception comporre il numero 9", schiacciò quel tasto con la speranza che il turno di notte fosse presidiato. Dopo alcuni squilli a vuoto rispose la voce assonnata di un uomo.

«Ricezione mi dica?». Il portiere notturno si era dovuto scomodare dalla sua poltrona nella guardiola per rispondere al centralino.

«Siamo alla stanza numero 204, presto venga qualcuno. Mio marito si è sentito male e non so se ha bisogno di un dottore!». Allora l'uomo, abbastanza infastidito, capì che doveva lasciare i suoi programmi televisivi preferiti nel cuore della notte e con un gesto di stizza acconsentì a prendere l'ascensore e salire in camera per verificare di persona l'accaduto. Portò con se una bottiglia di acqua per evitare di tornare una seconda volta al piano terra. Quando bussò alla porta, la signora Twice andò ad aprire sbadatamente ancora in vestaglia, con la biancheria intima della prima notte di nozze in bella mostra. L'addetto, con un po' di imbarazzo e tanta curiosità, si presentò alla porta.

«Prego signori, che succede?».

«Mio marito ha avuto un malore, adesso sembra che sia passato, però ho paura che accada di nuovo».

Il portiere entrò in camera e prese le veci di un medico, cercando di chiudere la questione nel più breve tempo possibile, visto che mancavano tre ore scarse alla fine del suo turno. Si avvicinò a Dan e lo guardò da distanza ravvicinata, poi gli prese la mano e lo rassicurò.

«Come va? Sta meglio ora signore? Guardi, le ho portato un bel bicchiere di acqua fresca, così adesso si calmerà e tutto si aggiusta!». Versò l'acqua nel bicchiere e glielo pose in mano, dopodiché diede un altro sguardo fugace sotto la vestaglia della signora, che questa volta però se ne rese conto e prontamente si coprì arrossendo in volto, e poi si congedò dalla stanza.

Fu da quel tempo in poi che incominciarono ad abituarsi a questo tipo di episodi notturni che, con il passare degli anni, si verificarono sempre più di rado. Fino all'ultimo periodo, quello della pensione, nel quale Dan aveva ricominciato col dimenarsi tra le lenzuola, con quelle urla che squarciavano il silenzio notturno. Adesso oltre a svegliare la moglie, infastidivano anche il beato riposo dell'anziana suocera.

Gli ultimi incubi erano davvero terrificanti, ma non ne aveva mai parlato con nessuno di quelle immagini che viveva nelle sue nottate infernali. La moglie si limitava a girarsi dal suo lato e con uno strattone cercava di farlo svegliare, così poteva alzarsi dal letto e andare a rinfrescarsi le idee in bagno, mettendo magari la testa sotto uno scroscio di acqua fresca. A differenza dei sogni di gioventù, questi sembravano talmente reali che l'uomo percepiva delle presenze vicino a sé, nella stessa stanza da letto. Mostri e figure demoniache che volevano fargli del male, ma lui era lì fermo, immobile. Il suo corpo non si muoveva, la sua mente invece era vigile e assorbiva tutte le paure di quegli attimi cupi. Soltanto quell'urlo liberatorio poteva salvarlo, gridando a squarciagola riusciva a svegliare i suoi arti per poter cominciare a muoverli e fuggire, andare via da quel posto infestato da strane presenze.

Dal momento in cui cominciava a volersi muovere senza riuscirci, fino al momento dell'urlo, passavano pochi secondi, ma per il malcapitato sembrava un' eternità. In quel lasso di tempo i battiti cardiaci acceleravano all'inverosimile e nel momento dello stridore potevano raggiungere il loro culmine, per poi riportarsi pian piano alla normalità. Appena sveglio doveva fermarsi qualche secondo seduto sul letto prima di mettersi in piedi, così da potersi riprendere dal trauma e tornare alle funzioni ordinarie. Di solito seguiva una lavata di faccia in bagno e poi, tornato alla calma, cercava di dormire ancora.

Ma nell'ultimo periodo purtroppo, non era proprio così facile superare quella situazione. Una volta avuto l'incubo non riusciva più a mettersi nel letto, la sua mente rifiutava di tornare nel posto in cui aveva visto quei macabri spettacoli. E così iniziavano le sue passeggiate in casa. Un andirivieni confuso nel corridoio e poi la sosta in cucina per un bicchiere d'acqua. Nel silenzio di quelle ore, non sapendo cosa fare, si sedeva sul divano con lo sguardo fisso in avanti. Il rumore del rubinetto del lavello che perdeva una goccia ogni tanto, lo faceva andare in paranoia. Quel rumore fastidioso e gocciolante sembrava un martello pneumatico che gli schiacciava la testa. Di fronte a lui c'era il frigorifero e una volta lo andò ad aprire, così incominciò a fare delle merende solitarie nel cuore della notte. Era diventato davvero bravo nel preparare ottimi sandwich che, accompagnati da una birra fresca, conciliavano il riposo a stomaco pieno. Però, come nuovo giaciglio, sceglieva il divano, dove poteva riposare sicuramente più tranquillo, lontano dal luogo degli incubi.

La finestra della cucina si trovava esposta verso est per cui filtrava le luci dell'alba già dalle ore cinque e trenta. Così le sue levate si riducevano alle prime ore del mattino. Il più delle volte si ritrovava già con i vestiti in dosso e poteva scendere in garage a svegliare Buck. Il cane, sempre più sorpreso, doveva anch'esso prepararsi per la passeggiata anticipata con quell'aria frizzante che, ad ogni modo stimolava giustamente i suoi bisogni.

Una di quelle mattine uscirono quando la palla di fuoco era ancora nascosta dietro ai palazzi, dall'altra parte del grande fiume. Si ritrovarono nella strada deserta e proseguirono la loro camminata indisturbati. Solo il rumore del camion dei rifiuti ruppe quel silenzio.

Gli operatori ecologici, vestiti con giubbe rosse e strisce catarifrangenti, si davano da fare per svuotare i bidoni dentro al rimorchio nauseabondo. Buck cominciò a correre verso il camion, tirando dietro di sé il suo padrone che aveva ancora il guinzaglio in mano. Vani furono i tentativi di calmare l'animale in corsa. Riuscì a bloccarlo per un attimo e a sganciarlo dal collare, dopodiché il cane partì come un razzo per abbaiare contro gli operatori, in direzione del rimorchio che si chiudeva pressando i rifiuti. Uno dei due cercò di scacciare quel cane furioso, ma Buck continuava imperterrito ad abbaiare e a saltellare con le zampe anteriori. Come se avesse visto qualcosa che dall'ultimo bidone andò a finire dentro gli altri rifiuti, maciullato dalla pressa. L'altro lavoratore lasciò la presa dal camion, che stava quasi per partire, e scese con fare minaccioso contro il cane. Dan si portò le mani alla bocca, ma quella volta neanche il suo fischio riuscì a riportare la quiete. Così a quel punto, decise di avvicinarsi alla scena ed intervenire per sedare gli animi, sia del suo amato cane, che dei due signori. Si scusò con loro per il comportamento insolito di Buck, mentre lo riagganciava al collare carezzandolo sulla testa. Il camion, con gli uomini appesi dietro, ripartì verso il suo giro quotidiano, lasciando Dan e Buck fermi sulla strada. Il primo spiazzato da tanta rabbia, il secondo con lo sguardo fisso verso il camion che si allontanava, mentre la sua coda continuava a dimenarsi nervosamente.

Un alito di vento stranamente si alzò in quella serena mattinata e fece sventolare, da dietro il rimorchio dell' autocarro, un foulard rosa che si staccò dal coperchio della pressa e, con la leggerezza di una piuma, compì un paio di rotazioni prima di finire sul ciglio della strada. La leggera stoffa non sfuggì all'occhio attento di Buck, ma il suo padrone era talmente preso dal riportarlo in garage che non ci fece caso.

Danny Joe

Portland, Oregon ai giorni nostri.

Da quando fece domanda per il pensionamento, i suoi disturbi notturni aumentarono vertiginosamente, mentre le sue giornate erano diventate monotone, tutte uguali, tendenti al paranoico. Nottate pressoché insonni, pasti isterici improvvisati nel cuore della notte, passeggiate mattutine con un Buck sempre più nervoso e irriconoscibile. Ore del giorno a cercare di stare il più lontano possibile dalla malefica signora Halved. Questa era la routine quotidiana che lo stava portando ogni giorno di più verso il baratro, verso un vortice oscuro senza via d'uscita.

Dopo la passeggiata mattutina, sistemava il cane in garage, poi prendeva la sua auto dal vialetto e si allontanava un po' per svagarsi fuori da casa. A pochi isolati più a nord c'era il bar di Danny Joe dove era solito ritrovarsi con una cerchia di amici, per lo più tutti della stessa età e in pensione come lui.

Dan, a differenza degli altri, non dimostrava affatto i suoi anni. Nessuno avrebbe detto che quel tipo strano e taciturno potesse avere più di sessant'anni. In confronto ai suoi amici di bevuta, sembrava più giovane di un almeno un decennio. Sempre longilineo, con fisico muscoloso quanto basta, alto e con i capelli chiari. Solo qualche ciocca bianca ai lati delle tempie ne andava a stonare il colore castano.

Portava i capelli corti, rasati ai lati,e un cappellino con la visiera sempre in testa. Il cappellino non passava inosservato, di colore rosso sgargiante con la "M" bianca cucita al centro. Simbolo della sua squadra del cuore di baseball i "Portland Mavericks". Solo la sua barba incolta e brizzolata poteva renderlo più attempato, ma di solito amava radersi quasi tutte le mattine e, quando usciva alla luce del sole, la pelle del volto risultava fresca e morbida. La sua acqua di colonia aveva un profumo delicato,un misto tra la freschezza del rabarbaro abbinata ad un tocco di muschio bianco. Nelle giornate positive non mancava mai di cospargerla sul viso e sul collo, con dei piccoli colpetti che dal palmo delle mani passava alle guance. Sapeva che, se applicata sulle vene, quell'essenza poteva durare più a lungo ed essere propagata gradevolmente dal pulsare del sangue. Era un amante del radersi, aveva ricevuto in regalo quel profumo proprio dal suo barbiere di fiducia, che gli aveva posto sulla boccetta uno spruzzino di quelli professionali con la pompetta e l'erogatore.

I suoi muscoli si tenevano ancora bene in forma con l'esercizio fisico che praticava di frequente, quello di spaccare la legna sul retro della sua abitazione. Si era organizzato con un tronco largo poggiato sul prato che fungeva da piano di appoggio e la sua ascia sempre ben affilata che calava giù con potenza a spaccare legna per la provvista invernale. La signora Halved, nelle serate fredde, esigeva una temperatura sempre mite in casa, per cui era costretto ad accendere il camino ed alimentarlo sempre con fuoco ardente. Quando spaccava quei rami di quercia e pensava al motivo per cui doveva farlo, la sua foga diveniva sempre più vigorosa e non serviva un secondo colpo d'ascia, di solito li spaccava in due al primo colpo, emettendo un ringhio di rabbia ogni volta. Il suo abbigliamento ricordava quasi quello di un boscaiolo, portava sempre delle camicie a quadri sbottonate e magliette a maniche corte sotto. Con jeans aderenti al bacino e sulle cosce, che si allargavano scendendo verso le caviglie. Cinturone con fibbia dorata in bella mostra e stivali di pelle chiara, con la punta non troppo accentuata.

Al bar c'era più gente del solito quella domenica. Mentre durante la settimana, solo chi non aveva più un lavoro, ma tanto tempo a disposizione, ne bivaccava all'interno per ore. Come facevano appunto Dan e i suoi compagni. Nel week end la sua presenza era saltuaria, visto che la domenica mattina doveva accompagnare le due donne di casa in chiesa per la messa delle ore undici.

Anche i giovani del posto andavano a far visita al simpatico Danny Joe. Si divertivano a schernirlo mentre lui si esibiva dietro il banco. Quel mattacchione di colore, era un allegro anziano con i capelli crespi color bianco latte, e la riccioluta e diradata barba candida. Colori che andavano in gran contrasto con la sua pelle scura. Passava la maggior parte del suo tempo dietro il bancone a pulire i bicchieri, con una mano armeggiava lo straccio e con l'altra sorreggeva il bicchiere. Strofinava più volte sullo stesso e poi si fermava, lo alzava in controluce per controllare se vi fossero rimasti aloni e poi di nuovo giù con quella pezza di stoffa a ripassare dentro, fuori, di lato e sul manico. Fino a che l'oggetto non risultasse del tutto brillante al suo giudizio. Mentre puliva, parlava e raccontava barzellette ed aneddoti, che lo rendevano sempre simpatico agli occhi dei frequentatori di quel piccolo ma accogliente bar.

Quella domenica mattina Dan non si fece trovare all'appuntamento per portare le due signore in chiesa, uscì di casa prima che una delle due lo potesse intercettare ed ingaggiare come autista per la messa. Non pensò neanche alle tragiche conseguenze che quel diniego poteva scaturire, visto che quando sarebbe tornato a casa per pranzo, gliene avrebbero dette di ogni. Forse dopo la sua dipartita lo stavano ancora aspettando sull'uscio, tutte pronte con il vestito della festa e i cappellini nuovi da andare a sfoggiare tra i banchi della St. Andrew Church.

Si diresse verso il bar, sapendo già di non trovare i suoi amici, che quella mattina avevano lo stesso suo problema di accompagnare le mogli in chiesa. Be' almeno poteva trovare conforto in Danny Joe, lui c'era sempre e poteva fargli compagnia.

Di solito quando il barman parlava e raccontava le sue storielle, che per la maggior parte delle volte erano inventate, lui lo ascoltava con interesse e trasporto. Poi quando gli altri, alla fine della storia, esplodevano in una fragorosa risata, Dan abbozzava solo un semplice sorriso con una smorfia di espressione, pensando tra sé.

«Eh, caro vecchio Danny Joe, anche questa volta l'hai raccontata bene, e da come si stanno sbellicando dalle risate, devo dire che ci sei riuscito alla grande».

Ma non diceva nulla, provava un senso di empatia e di rispetto nei confronti di quell'anziano che, anche in momenti tristi, sapeva sempre come sdrammatizzare e tirargli su il morale, inventandone una nuova sul momento. Quella cupa mattina ne aveva proprio bisogno, era una di quelle levatacce con la barba incolta e le borse sotto agli occhi, come se avesse preso dei pugni durante un incontro di boxe. Infatti quando si rendeva conto di essere così malconcio, prima di scendere dall'auto si guardava sempre nello specchietto retrovisore e tirava fuori gli occhiali scuri dal porta oggetti. Inforcava quelle lenti, che gli cadevano sul naso a coprire la stanchezza, e scendeva dall'auto per andare nel suo bar preferito.

Danny Joe, quando lo vedeva arrivare con gli occhiali indosso, già sapeva che la giornata era iniziata storta e di solito gli offriva il primo giro di birra, per poi andare a finire a chiacchierare di tutto e di più tra i fumi dell'alcool che annebbiavano i discorsi dei due interlocutori. Sì, perché Danny Joe, oltre ad essere un buon oratore, era anche un ottimo compagno di bevuta e con Dan si trovava bene, era contento di scambiare opinioni con lui tra una pinta e l'altra.

Dopo una notte insonne, la cosa peggiore era sentire degli schiamazzi che andavano ad alimentare la già insopportabile emicrania che si portava dietro. Forse era meglio accompagnare le due signore alla messa, cosi almeno poteva rimanere in macchina ad aspettarle e tirare giù i sedili per poter schiacciare un pisolino. Invece il bar quella mattina, suo malgrado, era pieno di mocciosi. Niente scuola la domenica e tutti al bar. Che poi neanche consumavano chissà che. A conti fatti a fine mattinata, avrebbero bevuto più birre lui e Danny Joe, che tutta quella dozzina di chiassosi giovani. Dan si posizionò come sempre sul suo sgabello preferito, accorciando le maniche della camicia e poggiando i gomiti sul bancone, con gli stivali puntati sul poggiapiedi.

Classica posizione che assumeva all'entrata e riusciva a mantenere fino alla fine. Solo il movimento del braccio per portare il bicchiere alla bocca lo poteva distogliere.

Ma troppa confusione per i suoi gusti quel dì, troppi intrusi, sembrava come se il bar fosse anche un po' suo, ormai ne faceva parte proprio come il bancone.

Era già entrato imbronciato, chiese subito il primo boccale, ma il barman più indaffarato del solito non poteva fargli compagnia, quei ragazzi stavano davvero esagerando, avevano rovesciato qualche bicchiere a terra tra urla e schiamazzi. Danny Joe accorse con la scopa e la paletta in mano per raccogliere quei cocci, tra le risate di quelli che non avevano ben inteso di non trovarsi a casa propria. Dan gustava la sua birra chiara col bicchiere preferito in mano, quello da mezzo litro con il manico. Apparentemente se ne stava per i fatti suoi, ma da buon osservatore stava analizzando tutta la scena attraverso lo specchio di fronte a lui, quello alle spalle del banco. La specchiera aveva dei ripiani colmi di bottiglie con superalcolici di ogni genere, poggiati sopra in maniera confusa. Solitamente con la sua brigata non guardava neanche quel tipo di bevande, loro amavano scolare solo qualche buona e sana birra.

Senza voltarsi, seguitò a scrutare tra le bottiglie e l'immagine riflessa gli mostrò un Danny Joe triste e infastidito. Deriso e preso in giro, anche in maniera pesante, dai quei ragazzini petulanti e presuntuosi.

«Ehi vecchio, ma riesci ancora a tenere in mano una scopa alla tua età?». Chi lo disse, si nascose prontamente come un codardo, mentre gli altri esplosero in frastornate risate. A quel punto il livello di sopportazione di Dan superò ogni limite, con uno scatto fulmineo si levò lo sgabello da sotto e fece il giro del bancone. Fu la prima volta in tutti quegli anni che andò al posto del barista. Prese la bottiglia che stava guardando da un po', un bourbon del kentucky ancora col tappo sigillato. La tirò giù dal ripiano insieme a due bicchierini e lesto si portò al tavolo dell'allegra combriccola. Pose in maniera plateale la bottiglia sul legno, poggiandola con violenza. Quella emise un suono sordo e il liquido al suo interno, sballottato sarebbe fuoriuscito tutto, se non fosse stata chiusa col sigillo. Tra i presenti calò il silenzio, Danny Joe rimase immobile con la scopa in mano e la bocca semiaperta in segno di stupore.

Dan era un tipo taciturno, ma quando apriva la bocca lo faceva perché aveva pensato più volte a cosa dire. E la sua parola non si fece attendere.

«Rispetto!». Proferì rompendo il silenzio. Una sola e semplice parola pronunciata con voce ferma, col suo classico tono basso, quasi baritonale. Lanciò lo short glass facendolo scivolare sul tavolo di legno massello. Il piccolo bicchiere fermò la sua corsa proprio dinanzi a quel ragazzo che aveva osato burlare Danny Joe.

Il giovane diventò subito pallido in volto mentre aveva già realizzato che la sfida era rivolta proprio a lui. Dan riempì il suo bicchiere e poi fece scivolare anche la bottiglia di bourbon verso l'avversario. Quest' ultimo dopo un attimo di apprensione, prese in mano la bottiglia per versare il liquore nel suo calice, ma l'impresa fu ardua per via dei tremori che lo sopraggiunsero.
«Cin», Dan alzo il bicchiere e spronò il ragazzo a bere. Questi iniziò a sorseggiare.

L'uomo gli diede la precedenza, poi lasciò il suo bicchiere vuoto sul tavolo, afferrò la bottiglia e cominciò a tracannare con avidità tutto il bourbon al suo interno. Chinò la testa all'indietro per non dare modo al liquido di sostare in bocca. Quel fluido chiaro color miele scendeva come un fiume in piena, che dalla sorgente va verso il mare. Gocce miste a saliva fluirono ai lati delle sue labbra. Il rumore della sua trachea era come un lavandino che si libera dall'occlusione grazie all'ausilio di una ventosa e ingoia tutto quello che trova dinanzi a sé. Solo quando il vetro rimase chiaro e trasparente ritornò con la testa in avanti a guardare gli spettatori impietriti. Poggiò nuovamente la bottiglia sul tavolo con forza, questa volta completamente vuota. E poi rimase a guardare quel ragazzo fisso negli occhi.

Tutti avevano capito. "Rispetto" era la parola. Ad uno ad uno si alzarono silenziosamente rimettendo a posto le sedie sotto alla tavola, tutte in ordine. Chiusero la porta dietro di loro e sparirono dalla vista dei due rimasti all'interno del bar. Danny Joe chiuse la bocca, deglutì e dopo un breve attimo di silenzio assoluto si rivolse al suo cliente affezionato.

«Tu hai bisogno di uno bravo. Ragazzo!»

Dan gli sorrise e lo salutò, era giunto il momento di tornare a casa.

Appena arrivato nel vialetto, sentiva già le urla delle donne in lontananza. Con calma percorse il viale con l'auto ancora in moto fino davanti l'uscio. Abbassò il finestrino e iniziarono gli insulti a gran voce verso di lui. Il bourbon faceva da filtro, in uno stato di assoluto relax psicofisico rimase ad ascoltare quelle frasi maligne indirizzate alla sua persona, con gli occhiali scuri ed un paradisiaco sorriso stampato sulle labbra come come se dovesse rispondere beato.

«Parlate pure, tanto non vi sento!». Ma non disse nulla, innestò la retromarcia e placido riprese la strada lasciando le due donne ancora più attonite di prima.

La suocera inviperita non si fece sfuggire l'occasione e ribadì a gran voce la sua solita teoria.

«Te l'ho sempre detto che non dovevi sposartelo quello lì. Adesso che è in pensione si è rimbambito completamente!».

Dan proseguiva a fare giri in auto senza meta in quelle occasioni, ma si divertiva davvero un mondo al volante pensando alle facce di quelle due che lo stavano maledicendo infervorate.

Capitolo II

Mr. Hoffman

Portland, Oregon anni '70.

La Cadillac imboccò la strada che dal centro di Portland portava sulla "Interstate 405 N" in direzione Vancouver, dall'altra parte del fiume. Fermi al semaforo, l'autista subito notò che ora i carburatori reggevano il minimo in maniera perfetta. Prima dell'intervento di Dan il contagiri oscillava, adesso invece la lancetta era perfettamente in linea col rombo del V8. Quel rumore era una musica per ogni meccanico che sapeva il fatto suo. L'uomo alla guida si voltò verso il suo padrone e fece un cenno di soddisfazione con il pollice in su. Mr. Hoffman sorrise e si congratulò con Dan porgendogli una vigorosa pacca sulla spalla.

«E bravo il nostro ragazzo, la mia Cadillac ti ringrazia», poi aprì il portaoggetti al centro dei sedili posteriori e tirò fuori la scatola di sigari. Erano proprio dei cubani, e della migliore marca per giunta. Posizionò la scatola di legno sulle ginocchia e poi aprì lo sportellino. All'interno c'era il marchio delle tre "T" sovrapposte, erano i famosi Trinidad. Ne sfilò uno e lo offrì a Dan. Questi rimase per un attimo smarrito, non si sarebbe mai aspettato di ricevere un sigaro in omaggio da un potente personaggio come quello.

Mr. Hoffman non era un tipo paziente, non poteva aspettare la decisione di Dan, glielo ripropose con un gesto della mano, avvicinandogli il presente al viso, allorché il ragazzo dovette accettare senza indugio. Non poteva rischiare di recargli offesa per un rifiuto. Anche l'uomo si portò un altro sigaro alla bocca e diede fuoco a quel pregiato tabacco, sia per lui che per il suo ospite. L'autista lesto azionò il tasto per abbassare leggermente i finestrini posteriori, così i passeggeri potevano fumare in assoluto comfort.

«Bene figliolo, quando parlo di affari, lo faccio sempre davanti ad un buon trinciato da gustare». Dan sgranò gli occhi e diede una boccata maldestra che lo fece tossire per un po'. Come mai quel tipo losco voleva parlare di affari con un semplice meccanico, pensò!

Si ricompose e poi, con un filo di voce ancora rotta dalla tosse precedente, si rivolse sorpreso a Mr.Hoffman.

«Di che affari vorrebbe parlare con me? Io come potrei esserle di utilità?».

L'uomo si poggiò con la schiena al sedile e allargò le gambe, mettendosi ancora più comodo su quella pelle di colore chiaro, e poi rispose con tono pacato.

«Per il momento non devi fare nulla di così eclatante, facciamo solo un giro. Vedi qui», indicando le rive del Willamette, «devi sapere che quando ero ancora un ragazzo, più o meno della tua età, ho cominciato a guardarmi intorno. Volevo cambiare questa città e mi sono rimboccato le maniche. Io ero solo un giovane senza né arte e né parte e il mio quartiere era in mano ad un boss dell'epoca, al quale tutti dovevano portare rispetto e fare tutto ciò che era giusto per lui».

Mentre raccontava la sua storia aveva un sorriso stampato sul volto ed un'aria serena, intrisa di ricordi e soddisfazione. Dan era immobilizzato e ascoltava quel racconto con trasporto, mentre cercava di gustare il sigaro senza tossire.

«Be', a quel punto mi sono detto», continuò Mr.Hoffman, «che se ci fosse stato quel capo quartiere, io e quelli come me non sarebbero mai andati avanti. Avrei sempre dovuto arrancare per un tozzo di pane. Per cui ho fatto la scelta giusta, l'unica che potevo fare!».

Dopo quelle dichiarazioni Dan non poté trattenere un ulteriore colpo di tosse, questa volta molto più intenso, ma non per il fumo inspirato, bensì per le rivelazioni che quell'uomo gli stava facendo.

«Che c'è ragazzo? Non pensi che abbia fatto la scelta giusta?».

«Ehm, si certo Mr. Hoffman», gli rispose con riverenza. Dan aveva inteso perfettamente quale fosse stata la scelta giusta che quell'uomo fece all'epoca. Per poter diventare quello che era oggi, uno dei più potenti esponenti malavitosi della città, aveva commesso un omicidio in giovane età. Aveva avuto il coraggio e la spregiudicatezza di togliere di mezzo il capo quartiere di allora per poterne prendere il posto, e poi man mano eseguire la sua scalata al potere. Da capo quartiere, ora era divenuto capo dell'intera città.

«Hai fame figliolo?». L'uomo perse quell'aria minacciosa precedente e si rilassò chiedendo a Dan di fare colazione insieme, col suo classico sorriso che mostrava i denti bianchissimi. Vista la sua età, difficilmente collocabile tra un sessantenne ed un settantenne, era chiaro che portasse una dentiera, o perlomeno delle faccette di colore splendente che andavano a coprire i suoi veri denti.

Mr. Hoffman ci teneva al suo aspetto, sempre con la barba fatta e i capelli sicuramente tinti di un castano scuro tendente al corvino, vestiva con abiti di sartoria, probabilmente confezionati su misura, con cravatte sgargianti, camicie sempre linde di colore bianco, con colletti generosi. Sotto al nodo della cravatta era posto un ferma colletto in oro, come una sorta di spilla da balia che passava da un lembo all'altro del collo della camicia, e sorreggeva il nodo della cravatta portandolo più in bella mostra. Nel taschino della giaccia, era riposto un fazzoletto rosso, che andava a contrastare il colore scuro dell'abito gessato. Cinta di pelle con fibbia ad ardiglione sempre dorata. Ai piedi scarpe basse, mocassini di pelle di coccodrillo per la precisione.

Dan spaurito, non poteva certo rifiutare l'invito a pranzo, visto che aveva già rischiato di non gradire il sigaro di prima, per cui con un cenno del capo acconsentì. L'autista senza neanche chiedere, aveva già inteso la comunicazione dei passeggeri e svoltò alla prima a destra, diretto verso il ristorante di Zio Ennio. Quando Dan capì quale fosse la loro destinazione, ebbe un sussulto, era il vecchio ristorante italiano che lui e i suoi amici conoscevano molto bene. Quel luogo era un vecchio ricordo d'infanzia per via delle catture di rane fresche da friggere, ma sopratutto era il ristorante di Zio Ennio, il papà di Dorothy.

La Cadillac arrivò davanti al punto di ristoro, l'insegna malridotta segnalava ancora: "Da Zio Ennio, specialità ittiche d'acqua dolce". Il locale era datato, ma ancora funzionante, molti si fermavano a gustare i suoi piatti, sopratutto all'ora di pranzo, quando giungeva la pausa degli uffici nel circondario.

I due clienti fecero ingresso dalla porta principale, che strideva ancora per mancanza d'olio. Due tipi che tra loro non avevano apparentemente niente in comune. Il primo attempato ed elegantissimo, nonostante si capiva lontano un miglio che apparteneva alla malavita organizzata del posto. L'altro, giovane e trasandato, con indosso una tuta da meccanico sporca di grasso, e nelle grandi tasche anteriori ancora gli attrezzi da lavoro.

Le due guardie del corpo rimasero fuori, nei pressi dell'auto. Avrebbero pranzato con un veloce sandwich recuperato da qualche venditore ambulante sulla strada. Non potevano certo sedere al tavolo del padrone, o nelle sue immediate vicinanze.

Spavaldo Mr.Hoffman fece la sua apparizione nel locale gremito. I tavoli erano tutti occupati, quella era l'ora di punta. Dan lo seguiva con lo sguardo basso, mentre sperava fortemente che la sua ex compagna di classe non fosse al lavoro quel giorno insieme al suo papà. Un silenzio calò sulla folla ai tavoli, tutti si girarono a guardare l'ingresso del malavitoso. Poi un vociferare si tramandò tra i presenti. Sapevano tutti chi fosse quell'uomo, e tutti cercavano di evitare persino il suo sguardo.

I due, dopo un incedere invano, si fermarono al centro della sala, guardandosi intorno per cercare un posto libero, ma non ce n'erano. Dan addirittura pensò di proporre un altro ristorante, ma non era ancora nella posizione di potersi permettere una simile proposta. Zio Ennio, da dietro il bancone del bar, fece cenno ad un cameriere di sistemare quei due ospiti sgraditi, ma al tempo stesso da accontentare all'istante per ovvie ragioni.

Così il ragazzo con il gilet ed il papillon scuri, andò subito nel retro bottega a prendere un tavolo apposito per soddisfare i clienti. Sistemò la tovaglia e due sedie e li fece accomodare con una certa riverenza. L'altro giovane cameriere incominciò a portare posate e bicchieri per apparecchiare il nuovo tavolo in grande stile.

«Vedi Dan, c'è sempre un posto per noi!!». Disse soddisfatto Mr. Hoffman.

Il giovane sempre più imbarazzato dalla situazione, cominciava a sudare freddo, e si stava vergognando sempre di più. Anche i camerieri si rivolgevano a lui chiedendogli scusa ogni qualvolta dovevano posare un bicchiere o un tovagliolo. Non gli era mai successo di essere preso in considerazione come in quell'episodio. Sensazioni multiple si mescolavano in lui. Paura, timore, ma anche un certo senso di potenza, che stava iniziando pian piano ad apprezzare. Per lui che proveniva da una famiglia di lavoratori, che per mettere da parte un misero gruzzoletto doveva spaccarsi la schiena per un mese intero per poi la sera andare a dormire stanco, quel pranzo al centro della sala, servito e riverito, aveva un gusto nuovo, eccitante.

Ordinarono degli antipasti, dei primi piatti e inevitabilmente la specialità di Zio Ennio, le cosce di rane fritte. Dan, solo al pensiero di ingerire quella roba, ebbe un leggero conato di vomito, che gli procurò uno sgradevole senso di acidità alla bocca dello stomaco. Ma doveva mantenere la calma, aveva capito sicuramente una cosa basilare fino a quel momento, che a Mr. Hoffman non si poteva dire di no.

L'uomo di fronte a lui, con la sua eleganza losca, poggiò i gomiti sul tavolo con le mani giunte, in attesa del servizio dei camerieri. Dan lo guardava spaesato, ma anche con un certo senso di ammirazione per la sicurezza che infondeva. Non sapeva ancora dove sarebbe andata a parare quella giornata, iniziata con quell'inedito incontro.

«Allora Dan, conoscevi questo posto? Io ci vengo spesso qui sai? Vado matto per la famosa frittura che fanno, è la loro specialità!».

Il giovane non volle entrare nel dettaglio e raccontargli della loro caccia alle rane da adolescenti, per cui rimase sul vago e rispose con leggerezza.

«Si conoscevo il ristorante per sentito dire, ma sinceramente non ci ero mai venuto a mangiare». Mentre parlava, osservava quell'individuo che risultava essere sempre più affascinante, anche se in maniera oscura. Portava, al dito mignolo della mano sinistra, un vistoso anello d'oro, con raffigurata una testa di serpente. Ovviamente l'oggetto non passava inosservato e Dan seguitava a guardarlo con interesse.

«Ti piace?». Domandò l'uomo, che nonostante fosse un losco affarista, aveva uno spiccato senso di intuito e di intelligenza, riusciva sempre a capire in anticipo ciò che gli altri stavano pensando, e senza troppi fronzoli andava diretto al dunque. Diresse la mano verso Dan per mostrare meglio quel prezioso. Il ragazzo incuriosito lo scrutò più da vicino, era un anello molto particolare, non ne aveva mai visto uno simile.

La testa del rettile che vi era impressa sopra, vista da vicino incuteva ancora più timore.

«E' un Black Mamba!». Spiegò Mr. Hoffman, che aveva già inteso la domanda che il ragazzo voleva porgli, data la sua curiosità.

«E' il serpente più velenoso sulla faccia della terra, il suo veleno è letale».

Dan lo guardava quasi a bocca aperta, sempre più interessato da quell'individuo e dal mondo oscuro che celava.

«E' un serpente agile, scattante e letale. Per queste caratteristiche viene chiamato anche ombra di morte!». Mentre spiegava il tutto, assunse uno sguardo quasi minaccioso, ma non nei confronti di Dan, piuttosto nei confronti del mondo intero. Aveva la grande capacità di cambiare espressione repentinamente e, per chi gli stava davanti, quando il suo volto diventava minaccioso, era facile provare terrore.

«Poveretto chi ci capita allora!», cercò di ridacchiare Dan con una risposta buttata lì per caso.

«Ci capitai proprio io infatti!!! Ma ora sono qui a parlarne con te, quindi come vedi mi trovo ad un gradino più alto del Mamba...... Ma ora mangiamo!». Strofinò le mani in segno di impaziente appetito. Ora il suo volto era tornato sereno e gioioso, intanto arrivarono i piatti con le prelibatezze del posto.

Zio Ennio, seppur contrariato, aveva dato precise disposizioni di portare al tavolo una grossa quantità di antipasti, suddivisi in vari vassoi con diversi assaggi di squisitezze nostrane. Il cameriere dovette avvalersi di un ulteriore tavolino con le rotelle da affiancare al tavolo dei due commensali, per poter poggiare tutto quel ben di Dio. Mentre spulciavano con le mani tra i vari piatti, Dan rimaneva sempre col pensiero stampato in fronte di voler sapere come quell'uomo avesse superato il morso di un così letale animale. Infatti Mr. Hoffman, mentre gustava gli involtini di aragosta e si leccava le dita per non lasciare che neanche un briciolo di sapore andasse perso, si pulì le mani con il tovagliolo poggiato sulle gambe e poi guardò Dan con un sorriso beffardo.

«Be', che c'è? Stai ancora pensando al Mamba scommetto?».

Il ragazzo, che non sapeva quale piatto assaggiare per primo, in preda ad una frenesia alimentare, rispose un po' impacciato.

«Eh si, ammetto che ci stavo pensando».

«Ora ti racconto una storia figliolo. Eravamo giù nella foresta amazzonica, insieme a degli amici fidati per concludere un affare di grossa caratura. Successe proprio lì, in pieno giorno, mentre camminavamo in fila indiana. Io ero l'ultimo della carovana, davanti a me c'erano i portatori del posto, che si facevano strada armati di macete tra la folta vegetazione, ad un certo punto ho avvertito un calore provenire dal polpaccio, non l'ho visto e non l'ho sentito arrivare, mi aveva già colpito con il suo morso. Me ne sono reso conto soltanto dopo che mi aveva già fatto suo!».

Dan si fermò con il boccone ancora da masticare in bocca, seguitava con attenzione ad ascoltare l'interessante racconto.

«Quando te ne accorgi, sei già morto! E devo ringraziare quel rettile sai? Sì perché mi ha insegnato tanto. Mi ha istruito a muovermi come lui, il nemico non deve vederti mai arrivare, quando si è accorto di te, l'hai già fatto tuo!».

Dan quasi sconvolto, cercò di masticare quella poltiglia creatasi nella sua bocca e poi la ingoiò con difficoltà, avvalendosi di un bicchiere di buon vino per far defluire l'intoppo.

«Ma come ha fatto a salvarsi?». A quel punto la sua curiosità aveva preso il sopravvento.

Fiero e gonfio in petto l'uomo rispose.

«L'antidoto Dan; c'è sempre un antidoto, basta conoscerlo! Nel mio caso, quella gente del posto sapeva come fare. Il "Saimr", è un medicinale che va iniettato tramite un grosso ago, anche più di una volta se occorre. Ho passato qualche giorno in un letto, seguito dalle donne del luogo che, tra impacchi e cantilene, mi hanno riportato alla vita più forte di prima!».

Anche Dan cominciava a sorridere, stava iniziando ad apprezzare le vicende che quell'uomo gli raccontava, e prendeva sempre più confidenza con lui. Una cosa però non aveva ancora chiara, come mai proprio un giovane meccanico squattrinato fu scelto da quell' uomo per un giro in Cadillac e un sontuoso pranzo? Questo rimaneva ancora un mistero.

Prima seduta

Portland, Oregon ai giorni nostri.

Dopo quella notte di pioggia senza ricordi, la situazione precipitò vertiginosamente in casa Twice. Dan rimaneva la maggior parte del suo tempo con lo sguardo perso nel vuoto. A nulla serviva lo spronare delle due donne di casa, lui sembrava non ascoltarle. Quella mattina si alzò più tardi del solito e si mise sulla sedia dinanzi la veranda, la giornata era soleggiata e i raggi riflettevano sulle foglie degli alberi nel giardino di sua proprietà. Anche il verde prato, tagliato tutto alla stessa misura, sembrava uno specchio colorato dalla luce diurna che lo faceva brillare. Ancora in pigiama e pantofole, prese una birra dal frigo prima di uscire davanti la porta di casa. Si poggiò comodo sulla seggiola a dondolo e, con lo sguardo allucinato, sorseggiò quella bottiglia. La signora Twice, sempre più preoccupata, cercò di scuoterlo con frasi di circostanza.

«Non devi portare Buck a fare i suoi bisogni stamattina?». Ma l'uomo non rispondeva. Era immune a qualsiasi suono esterno. Sembrava fosse in trance. Occhi sgranati e pupille dilatate. Fisso in avanti a contemplare il nulla.

Anche l'anziana signora Halved cercò di fargli qualche domanda, uscita con il suo passo claudicante davanti la veranda, cercò di rendersi utile alla causa.

«Dan, mio caro», non aveva mai usato quel tono così amorevole nei suoi confronti prima d'ora.

«Cos' hai? Non ti senti bene?». Ma anche questo tentativo risultò vano. L'uomo non rispose, e seguitò a sorseggiare la birra fino alla fine. Una volta svuotata la bottiglia, cominciò a battere il vetro sul bracciolo della sedia, con colpi ritmati, tic....toc....tic....toc.....!

Il gesto incomprensibile continuò per qualche minuto fino a che, la pressione dei colpi non si fece sempre più violenta e, inesorabilmente il vetro si frantumò in mille pezzi cadendo rovinosamente a terra. Il collo della bottiglia rimase stretto tra le sue mani, con qualche scheggia che gli provocò dei vistosi tagli sul palmo. All'udire di quel tonfo, le due donne allarmate lo soccorsero con uno straccio per placare la fuoriuscita di sangue dalla mano e a quel punto presero la seria decisione di farlo visitare da un bravo medico.

L'elenco telefonico della città riportava diversi numeri di telefono sotto le voci: Psicanalista, Studio di Psicanalisi e quant'altro. Con lo scorrere del dito la signora Twice si ritrovò il primo numero telefonico utile della lista: "dottoressa Atchinson Norma, Psicanalista e Psicoterapeuta", con studio ubicato in centro città. La dottoressa in questione era molto conosciuta, in passato aveva risolto dei casi abbastanza complicati, ed era balzata alle cronache per aver seguito un caso controverso anni addietro, che sconvolse la città di Portland. Ebbe diversi riconoscimenti per aver collaborato alla risoluzione di quell'omicidio, che poi si rivelò essere frutto di una lunga serie di delitti collegati tra loro. Tutti compiuti dalla stessa mano di un pericoloso serial killer, che fu condannato grazie al grande lavoro di polizia dell'epoca insieme alla consulenza della Atchinson. Compose quel numero, con un grande rammarico in petto, e prese appuntamento per il giorno seguente alle ore 11:25. Si limitò a spiegare il problema di suo marito in grandi linee, la dottoressa si mostrò molto disponibile a voler approfondire il tutto presso il suo studio l'indomani mattina. E il giorno dopo si misero in macchina tutti e tre, la signora Twice dovette ricordarsi quale fosse il pedale della frizione tra quei tre, visto che, seppur patentata, non guidava più da anni ormai. Arrivarono nel centro di Portland, il palazzo era proprio quello, sulla 14th avenue, al numero 1500.

Un vecchio palazzo con le pareti scurite dal tempo e dallo smog. Lo studio si trovava al decimo piano, aveva sicuramente la vista sul grande parco antistante e a qualche centinaia di metri di distanza si potevano scorgere anche le acque del Willamette. La signora Halved preferì rimanere in auto, mentre la coppia si diresse verso il grande portone d'ingresso.

Il silenzio di Dan preoccupava sempre di più sua moglie. Anche se lei parlava, lui non rispondeva. Anche se gli rivolgeva qualche domanda ogni tanto, lui era completamente assente. Chiusi in ascensore, si ritrovarono soli come due sconosciuti. Salirono in silenzio fino al decimo piano.

La sala d'attesa era gremita, entrarono e si accomodarono sulle uniche due sedie libere. All'interno vi erano due uffici, uno portava la targhetta della dottoressa Norma Atchinson e l'altro era di un medico di diversa specializzazione, per cui la sala d'attesa era unica per entrambi.

Alle 11:25 in punto la porta di sinistra si aprì e una giovane donna, con un lungo camice bianco fino alle ginocchia, si presentò. Aveva le classiche pantofole bianche ospedaliere ai piedi ed un pantalone aderente sotto al camice. Portava una cartellina imbracciata alla sua destra e la penna nella mano sinistra. Con un gesto della penna fece per scorrere la lista che aveva sul foglio e poi chiamò il nome portandosi il tappo della biro sulle carnose labbra inferiori.

«Signori Twice?».

La signora si alzò di scatto, visibilmente agitata in vista di quella nuova esperienza che stavano per affrontare, e strattonò il marito per farlo alzare. Lo prese sottobraccio e lo accompagnò verso la porta dello studio. La dottoressa e i pazienti presenti in sala d'attesa non poterono fare a meno di notare quell'uomo sulla sessantina che rimaneva completamente perso nel nulla, camminava a malapena con le ginocchia leggermente piegate, sorretto dalla sua consorte.

«Prego accomodatevi», disse la psicanalista con fare piacevole, cercando di mettere a proprio agio i nuovi arrivati. Lo studio aveva una scrivania centrale e due sedie di fronte. I clienti presero posto e si sistemarono. Il medico inforcò gli occhiali assumendo un atteggiamento ancora più professionale, ma con un abbozzo di sorriso volle rompere il ghiaccio.

«Dunque Dan, questo è il tuo nome vero?».

Ma l'uomo non le rispose, stava guardando al di là della finestra, alle spalle della sua interlocutrice. Il sole del giorno era quasi accecante, l'ufficio era rivolto verso levante. L'altezza del decimo piano faceva notare tutta la sua superba posizione, sovrastando in maniera austera i parchi verdeggianti che si estendevano fino alle rive del fiume.

«Bellissimo panorama», intervenne la signora Twice, come a voler rispondere al posto del marito.

«Bene, allora signora io inizierei con la seduta, per cui le chiedo gentilmente di accomodarsi in sala d'aspetto, la chiamerò appena finito».

Così congedò la donna e rimase sola con il suo nuovo paziente. Lo prese per mano e lo accompagnò con pazienza fino al lettino posto al centro della stanza. Questi acconsentì e si posizionò con movimenti lenti, quasi al rallentatore. Rimase seduto e spaesato, ma la dottoressa lo prese per un braccio e cercò di fargli capire che doveva stendersi e rimanere calmo. Finalmente Dan si ritrovò sdraiato sul lettino e la sua psicanalista si mise seduta di fianco a lui sul suo sgabello di pelle nera, con le gambe accavallate e la sua inseparabile cartellina rigida poggiata sulle ginocchia. Era solita scrivere appunti su quei fogli, era una professionista alquanto meticolosa, per cui si segnava tutto ciò che poteva ritenere utile alla sua causa.

Iniziò con qualche domanda di rito, ma l'uomo non era affatto partecipe. Anzi, ad un certo puntò chiuse gli occhi e dal suo respiro si poteva capire senza dubbio che stava praticamente dormendo, con un leggero russare ad interferire le domande della donna. Quando questa si rese conto dello stato catatonico del paziente, si fermò nel parlare e si portò come di consueto la penna in bocca, dal lato del tappo. Era un gesto che faceva spesso, senza farci neanche caso, la aiutava a riflettere.

Con un uomo che russava sul lettino non era certo il miglior modo di incominciare uno studio mentale. Per cui rinunciò drasticamente e andò a chiamare la signora Twice, che trepidava in sala d'attesa, per farla tornare dentro.

«Senta signora, purtroppo così non riesco a lavorare, per cui adesso le prescrivo dei medicinali da somministrare a suo marito, in modo da renderlo leggermente più reattivo. Gli faccia fare questa piccola cura di almeno una settimana, dopodiché ci rivediamo e cerchiamo di capire cosa sta succedendo al suo stato psicofisico. Perché ovviamente la mente influisce anche su tutto il resto». Sempre con la sua classica gentilezza, prese la penna con la mano sinistra e cominciò a scrivere la ricetta dei vari medicinali da prendere. Era mancina, premurosa e metodica. Diede nuovamente appuntamento a fine cura, sempre alle ore 11:25 in punto. Staccò il foglietto e lo pose alla signora che, con una certa angoscia addosso, svegliò Dan e lo accompagnò fuori ringraziando la dottoressa.

Il pupillo della banda

Portland, Oregon anni '70.

Finito di pranzare i due si alzarono da tavola, il silenzio calò nuovamente nel ristorante. Dan rimase impressionato da quanto timore incuteva Mr.Hoffman nei confronti della gente. E lo seguì a testa bassa fino alla cassa. Fortunatamente dietro il bancone c'era solo Zio Ennio, la sua figliola non era presente al momento. Dan, preoccupato per tutto il pranzo, poté tirare un sospiro di sollievo. Era quello il momento che temeva di più, fare il conto con Dorothy dietro il registratore di cassa.

Il baffuto gestore, che conosceva bene Dan, anzi lo aveva proprio visto crescere nel suo quartiere, quando lo riconobbe, lo guardò con un certo rammarico, pensando in cuor suo:

«Ma che ci farà insieme a quell'essere spregevole? Povero ragazzo!». E mentre ci pensava scuoteva la testa in maniera quasi involontaria.

Si avvicinarono entrambi al bancone del bar, dopo una ricca abbuffata come quella c'era sicuramente bisogno di un buon digestivo. Così Mr. Hoffman con un cenno del capo chiese due bicchieri. Il cameriere immediatamente li posizionò dinanzi ai clienti, sotto lo sguardo vigile di Zio Ennio.

«Allora cosa bevi Dan?». Disse l'uomo appagato, rivolgendosi al suo nuovo e giovane discepolo.

Mentre parlava, Mr. Hoffman giocava con lo stuzzicadenti tra le labbra. E intanto lanciava sguardi divertiti al di là del banco. Il cameriere cercava di evitare quelle occhiate, mentre Zio Ennio che stava sistemando le tazzine da caffè sulla macchina, seguitò a scrutare quei due sempre più schifato. Addirittura con una tazzina in mano si spostò sul lato del lavabo del bar e, raccogliendo quanta più saliva aveva nella bocca, emise uno sputo simile a quelli che si creano dopo aver masticato tabacco. Il gesto di disprezzo non passò certo inosservato. Tant'è che il cameriere, che doveva servire gli amari, con una scusa si diede alla fuga, facendo finta di essere stato chiamato in sala dal collega. E così a servire i due clienti rimase solo il vecchio proprietario con i suoi baffi scuri che cadevano ai lati delle labbra fino al mento. Quel taglio faceva sembrare la sua espressione perennemente imbronciata.

«Allora, avete deciso?», disse l'anziano alquanto infastidito da quella presenza nel suo integerrimo locale.

Mr. Hoffmann sempre più divertito, prese lo stuzzicadenti e lo spezzò in due, posandolo nel portacenere come fosse una cicca di sigaretta.

«Be' io prendo il solito, già lo sai vecchio! E lo dai anche al ragazzo, visto che è indeciso. Gli facciamo assaggiare qualcosa di forte, d'altronde se sta con me deve essere forte. Vero Dan?». Con una delle sue energiche pacche sulla spalla avvicinò il ragazzo a sé, sempre col suo sorriso a denti bianchi stampato in volto. A quel punto Zio Ennio prese la bottiglia di "Latte di Suocera" per versarne un goccio nei bicchieri, mentre pensò tristemente che il piccolo Dan avesse fatto la fine di una rana nell'olio fritto!

«Ehi Dan, questa è roba forte, arriva direttamente dall'Italia, dico bene vecchio?».

Il proprietario annuì, non vedeva l'ora che quel fastidioso cliente andasse via. I due tracannarono quei bicchierini, con colpi di tosse e rossori in volto da parte del più giovane, che sicuramente non era abituato a quelle gradazioni alcoliche. Il liquore in questione era una vera e propria chicca che Zio Ennio aveva portato a conoscenza anni or sono ai suoi clienti. Estratto di varie erbe, raggiungeva i settantacinque gradi. Quello sì che era un vero digestivo.

«Bene vecchio, per il conto facciamo tutto insieme alla fine del mese!». Mr. Hoffman strizzò l'occhio al proprietario, che rimase stizzito e con una gran voglia di reagire e farla finita una volta per tutte. Ormai era da tempo che quel delinquente gironzolava nei dintorni del suo locale e mandava i suoi scagnozzi a riscuotere il pizzo una volta al mese. Gli ospiti girarono i tacchi e si diressero verso l'uscita, ma dalle cucine la porta a ventola si aprì e la figura di una ragazza esile dai capelli castano ramato si presentò dinanzi ai due, mentre le cerniere di quel battente alle sue spalle continuavano a cigolare.

Dan cercò malamente di nascondersi dietro l'abito gessato del suo nuovo mentore, ma il suo tentativo fu maldestro e ridicolo e la ragazza lo fulminò all'istante con uno sguardo rabbioso.

«Ehi bambina, ma come sei cresciuta!», esclamò Mr. Hoffman deliziato, mentre con un gesto della mano cercò di carezzarle il viso. Lei prontamente si scostò e la carezza andò a vuoto.

«Vecchio, viene su bene la tua figliola!». Concluse con quella frase il grottesco siparietto rivolto verso Zio Ennio, che preso dai nervi fece cadere erroneamente una tazzina sul pavimento, rompendola rovinosamente. Dan uscì seguendo l'uomo, sempre con il capo chino cercando di aumentare il passo. Non avrebbe mai più avuto il coraggio di guardare Dorothy negli occhi.

I due cani da guardia stavano bivaccando vicino la Limousine, ancora con il boccone tra i denti. A ridere e scherzare, con le birre collocate malamente sul cofano.

Addirittura uno dei due si era poggiato con la schiena sulla portiera e con un piede sullo pneumatico.

Mr. Hoffman era un patito di auto di lusso, nel suo garage privato se ne potevano contare a decine, tra le Cadillac di ogni serie e anche un paio di Pontiac Bonneville del '57, entrambe di colore rosso fiammante.

Appena uscito dal locale, aumentò il passo. I suoi mocassini risuonavano sull'asfalto. I due energumeni sobbalzarono mettendosi sugli attenti. Ripulirono in tutta fretta i rifiuti di cibo e bottiglie e presero i loro posti in auto. Anche Dan e Mr. Hoffman si accomodarono, pronti per un'altra escursione.

«Northwest, presto», ordinò il boss.

Si diressero verso il Forest Park e si fermarono in un piazzale col belvedere. I due passeggeri scesero dall'auto e si portarono a ridosso della grande recinzione che divideva quel largo dal resto della città sottostante. Comignoli fumosi di fabbriche e palazzi si estendevano a perdita d'occhio.

«Vedi ragazzo, una volta quando ero giovane, venivo qui e mi mettevo a contemplare la città. La guardavo e la desideravo, proprio come si desidera una bella donna sai? Volevo fosse tutta mia. Sogni di gioventù eh? Be', a volte i sogni diventano realtà, ora posso dirlo. Tutto ciò che si muove laggiù deve prima chiedere il permesso al sottoscritto!». Con tutta fierezza restò ad ammirare il panorama, inspirando quell'aria come fosse di sua proprietà, come un ultimo soffio vitale.

«Non ero mai stato qui Mr. Hoffman. Si vede tutta Portland da quassù!», riferì il ragazzo estasiato da quella visuale. E anche visibilmente accaldato dal digestivo di poc'anzi.

«Be, che ne dici? Ti piace dominarla da quassù? E' come dominare una bella donna no?».

Il giovane annuì. Forse era arrivato il momento della svolta. La sua vita scellerata stava prendendo una strada nuova. Ignota e pericolosa, ma al tempo stesso accattivante.

«Bravo ragazzo, allora non sei come tuo padre!».

Udendo quelle parole Dan trasalì. Non capiva.

«Si, dico bene Dan. Il tuo caro vecchio. Eravamo in Vietnam insieme io e lui sai? Non te ne ha mai parlato?».

«Si, mio padre è veterano di guerra. Ma non sapevo che anche lei lo fosse!», rispose Dan sempre più stupito.

«Eravamo in battaglione insieme, io ero sergente all'epoca, e lui il soldato semplice. Già! Soldato Twice agli ordini...ahahahahah!!!». Si abbandonò in una grassa risata, complice anche lo stomaco pieno e il vino della casa. Per non parlare poi del "Latte di Suocera".

«Quindi lei e mio padre avete combattuto insieme?».

«Certo, io davo gli ordini e loro eseguivano. Eravamo destinati a sud, nella parte più balorda di tutto il Vietnam. Ricordo quella notte a Saigon, entrammo in città per cercare quei dannati Vietcong, furbi come volpi e scaltri come faine. Scandagliammo il villaggio, erano nascosti tra i civili. Trovai tuo padre con il fucile in mano e uno di quelli davanti a lui, erano immobili in un capanno maleodorante. Gli urlai di sparare, ma non ne ebbe il coraggio. Dovetti farlo io al suo posto».

Dan rimase senza parole da quel racconto. Suo padre non aveva mai parlato della guerra. Anche quando sentiva qualche notizia in televisione inerente a questo tipo di conflitti, prontamente cambiava canale.

«Bene ragazzo, ora andiamo, la giornata per me è appena cominciata, ho da sbrigare alcune faccende alquanto delicate. Ma tu potrai fare una cosetta per me».

Il giovane rispose ovviamente di sì, stava iniziando ad apprezzare il potere di quell'uomo. E voleva emularlo per diventare un giorno come lui.

Ritornarono alla macchina e Mr. Hoffman tirò fuori la scatola in legno dei sigari Trinidad. La svuotò del suo contenuto e la pose vuota e con lo sportellino aperto al ragazzo. Dan, con la scatola vacante sulle ginocchia non riusciva a capire il senso di quel gesto. Ma, quando vide Mr.Hoffman chinarsi verso i propri polpacci, un certo pensiero incominciava a farselo. L'uomo alzò il pantalone del vestito fino al ginocchio e mostrò la fondina in cuoio fissata allo stinco. Al suo interno vi era riposta una pistola di piccolo calibro, tutta cromata. Lo scintillio della stessa fece rimanere Dan rapito. La sfilò dalla sua custodia e la poggiò all'interno della scatola. Dalla tasca della giacca prese un pugno di proiettili e ve li buttò dentro.

«Questa me la conservi tu, va bene Dan? Anzi guarda, mettici pure questi spiccioli, così tieni tutto nello stesso posto». Si frugò nelle tasche dei pantaloni e tirò fuori un fascio di dollari rilegati con una molletta. Il ragazzo li sistemò con cura di fianco alla pistola e poi richiuse la scatola, tremolante e pieno di eccitazione per quei nuovi oggetti da custodire.

Ai tempi del liceo

Portland, Oregon anni '70.

Lasciata la scuola in tenera età, Dan si era dedicato pienamente al suo lavoro di meccanico presso l'officina di Big John. Era diventato veramente bravo nel risolvere i problemi tecnici più disparati. Diventando a detta dei suoi colleghi "il mago dei carburatori". Perché per registrare un afflusso di aria e benzina al giusto rapporto, ci voleva un orecchio fine. E solo con l'esperienza si poteva riuscire a raggiungere quei livelli. Peter, il capo officina, lo aveva indirizzato nel migliore dei modi nell'arte che caratterizzava quel mestiere. Ma il suo mentore vero e proprio fu il vecchio proprietario, Big John. Un anziano magrissimo, quasi scheletrico, che si muoveva ancora con disinvoltura sotto le auto, sdraiandosi sul carrellino a rotelle e alzandosi con dei colpi di reni che facevano invidia anche ai più giovani. Gli insegnamenti del vecchio furono di monito per Dan, che una volta, sotto una Buick del '59 con motore anteriore, ma con trazione posteriore, stava diventando matto per metterla a punto. Il motore risultava ingolfato e quella mattina l'officina si riempì di fumi di scarico. A nulla furono utili le dritte di Peter per portare aiuto al giovane apprendista. Big John dal suo ufficio notò quell'odore nauseabondo provenire dall'officina e si preoccupò di andare a controllare.

«Ma che diavolo state combinando con questa vecchia carretta?». Urlò ad alta voce ai suoi operai, che ormai avevano perso la bussola nel trovare una soluzione.

«Spegnete questa bagnarola prima che rimaniamo tutti intossicati», gli ordinò del tutto contrariato.

Poi disse a Peter di aprire il cofano e chiamò Dan, che a fatica si tirò fuori da sotto la macchina, facendo scorrere il carrellino sul quale era sdraiato supino.

«Cosa state combinando lì sotto vorrei sapere?», rimproverò Big John rivolgendosi a Dan. Questi gli rispose tutto impacciato.

«Niente capo, stavamo cercando di farla partire, ma è tutto fumo e niente arrosto quest'auto!».

«Dammi quel giravite», glielo prese dalle mani con forza e si mise ad armeggiare lì dentro al cofano del motore. Dopo pochi minuti ne uscì.

«Ora metti in moto», Dan giro la chiave e la Buick faticò a partire, dopo un paio di tentativi cominciò a far cantare il suo motore, producendo sempre delle vistose fumate bianche dalla marmitta. Big John a motore acceso cercò di registrare il carburatore al meglio che poteva, a seconda dei giri del motore aumentava e poi diminuiva i rapporti dei flussi. Fino a che, dopo qualche tentativo, riuscì a stabilizzare il minimo dei giri rendendo il rumore scoppiettante al punto giusto. Da dietro, l'auto iniziava a sputare fumo in maniera quasi normale.

«Ecco, vedi come si fa? Ora vai a farti un giro, poi torna e facciamo una seconda registrazione!». Dan eseguì alla lettera con un sorriso stampato in volto. Chinò il capo e corse subito al posto di guida, innestando la marcia per il giro di prova.

«Che fenomeno quel vecchio» pensò entusiasta. Da quell'episodio in poi, poté apprendere tanti segreti da Big John fino a diventare lui stesso un mago e risolvere i problemi con poca spesa e massima resa.

Al tempo le voci giravano in fretta nel quartiere e arrivavano anche ad incuriosire gente poco raccomandabile come Mr. Hoffmann, che quel giorno si presentò in maniera del tutto inaspettata con la sua Cadillac Fleetwood Limousine, modello 75. Era l'epoca in cui le case costruttrici di automobili stavano passando all'iniezione elettronica, per cui la vecchia tecnologia dei carburatori rimaneva materia solo per pochi, e Dan era uno di quelli.

A fine giornata, esausto tornava a casa, ma durante il fine settimana era solito ritrovarsi con i suoi ex compagni di scuola. Tra loro vi erano quelli con cui aveva passato l'adolescenza scorrazzando in bicicletta nella zona del fiume, e vi era anche lei : Dorothy. L'unica compagna di classe che qualche volta gli aveva rivolto la parola. Oppure gli regalava un sorriso durante la lezione. Quella garbata e dolce ragazzina dai capelli rossi, lunghi fin dietro la schiena. Con il viso leggermente velato da quel rutilismo tipico di chi ha la pelle chiara ed il colore dei capelli tra il rossiccio ed il castano ramato.

Era la figlia di Zio Ennio, quello del ristorante italiano dalle specialità di pesce d'acqua dolce. Si conoscevano da piccoli. Avevano fatto addirittura le elementari insieme, come con tutti gli altri suoi amici tra l'altro. L'aveva sempre guardata con un certo interesse, già da quando portavano le rane da friggere al ristorante. Lei era lì dietro la tenda, mentre il suo baffuto padre usciva a prelevare il bottino. Dan e i suoi compagni, con le loro biciclette, schiamazzavano davanti l'ingresso. Prima di ripartire verso nuove scorribande, Dan temporeggiava affinché la ragazza si affacciasse e, quando lo faceva, lui ripartiva felice pedalando a più non posso cercando di raggiungere il gruppetto lì avanti. Alle volte però, usciva solo Zio Ennio, e Dan andava via con un nodo in gola, pedalando lento e pensieroso.

Ormai erano quasi tutti maggiorenni ed era l'epoca delle feste tra scolaresche. Proprio quella sera ce n'era in programma una, che si prevedeva abbastanza gremita di invitati. Era stata organizzata proprio dal liceo che aveva frequentato anche lui, il Lincoln, uno dei più grandi e ricercati istituti della città. Dan non poteva mancare, anche se aveva abbandonato la scuola da un po'.

I suoi compagni erano elettrizzati in previsione di quell'evento, e nel pomeriggio erano tutti in fermento. Chi era andato dal barbiere a farsi tagliare i capelli con l'ultimo taglio alla moda. Chi era rimasto in casa a provare la camicia che più si addiceva alla serata. Dan invece, era uscito a fare una passeggiata, visto che l'officina rimaneva chiusa, poteva approfittare per svagarsi un po'. Ma al solito ritrovo del muretto non vide nessuno dei suoi compagni. Camminando sul lungofiume, forse inconsciamente o forse no, arrivò quasi nei pressi del ristorante di Zio Ennio. Chissà, evidentemente sperava di fare un incontro interessante da quelle parti. Si poggiò con le spalle al palazzo di fronte, con un piede a terra ed uno sul muro. Tirò fuori un pacchetto di sigarette e ne accese una. Era in attesa di lei, anche se non voleva ammetterlo neanche a sé stesso, ma la stava aspettando con una certa bramosia. Prima o poi doveva passare di là. Dopo quello sgradevole episodio dell'altro giorno a pranzo con Mr. Hoffman, non ci aveva più dormito. Era in subbuglio, voleva chiederle scusa per l'accaduto. Voleva chiarire, anche se alla fine non c'era molto da dover chiarire. La sigaretta terminò, e con lei anche un altro paio, fino a che, la tenda della porta d'ingresso del ristorante si scostò e apparve finalmente Dorothy. Leggiadra, con i suoi movimenti che sembrava non poggiasse neanche a terra mentre camminava. Per Dan fu come vedere un angelo. Buttò la cicca ancora a metà, era nauseato da quel catrame ormai. Il cuore in petto cominciò a battere all'impazzata, rimase immobile. Nonostante tutte le aspettative e tutte le frasi che aveva studiato in quel frangente, ora non se ne ricordava più neanche una. I suoi pensieri erano congelati. Quando la ragazza si avvicinò e riconobbe la sagoma del giovane, il suo volto spensierato prese una intensa espressione di rabbia e disgusto.

«Che ci fai da queste parti?», gli domandò lei infastidita.

«Niente, passavo di qua. Non ho trovato nessuno in giro. Stasera ci vai alla festa?». Le domandò con voce tremula.

«Tu fatti accompagnare dai tuoi nuovi amici, anzi forse è meglio di no, altrimenti ce la rovinano di sicuro la festa!». Rispose lei seccata, mentre gli dava le spalle allontanandosi. Anch'essa con le sue amiche aveva un pomeriggio pieno di cose da fare per i preparativi. Dan non fiatò neppure, riprese il cammino verso casa con il morale a pezzi, pensando di non avere neanche un vestito per l'occasione. Aveva i capelli arruffati e l'aria stanca, almeno una doccia però poteva farla.

Capitolo III

Inizio terapico

Portland, Oregon ai giorni nostri.

Dopo una settimana di cura con l'assunzione dei farmaci prescritti, Dan sembrava essere più reattivo del solito, sia psicologicamente che fisicamente. Finalmente riusciva a camminare da solo senza dover essere sorretto dalla moglie, e rispondeva alle domande che gli venivano poste in casa, anche se in maniera leggermente confusa e a bassa voce. Il giorno del secondo appuntamento con la psicanalista arrivò. La coppia si mise in macchina per raggiungere lo studio. La sala d'attesa era come sempre gremita, per via dei pazienti che si suddividevano tra i due medici dello stesso appartamento. Si accomodarono sulle sedie per aspettare la loro chiamata. Dan rimaneva in silenzio tra i suoi pensieri, nessuno poteva sapere di quali concetti era intrisa la sua mente. La speranza della signora Twice era proprio riposta in quella giovane dottoressa che, con la sua professionalità ed esperienza, sarebbe potuta entrare nella mente del marito per rinsavirla nel migliore dei modi.

Era assorto nel guardare quel grande quadro sulla parete della sala d'aspetto. Un quadro enorme che occupava tutto il muro di destra, con una cornice argentea ed una raffigurazione surreale, di un pianeta lontano e sconosciuto. Paesaggio desertico animato da carrozze trainate da cavalli meccanici, disegnati in modo astratto. Quell'opera incuteva un certo timore se la si osservava a lungo. Dan nella sua condizione si lasciò trasportare letteralmente da quegli animali distorti al galoppo, infatti ad un certo punto incominciò ad agitarsi rimanendo con lo sguardo fisso sul quadro. I suoi occhi verde mare dilatarono le pupille all'inverosimile. Il suo balbuziente soliloquio cominciò ad infastidire i presenti. La moglie imbarazzata lo prese per mano e cercò di calmarlo, sembrava si riproponesse la solita scena dei suoi disturbi notturni.

Alle 11:25 in punto la dottoressa Norma si presentò alla porta e chiamò con un cenno della mano il paziente Twice. La sua compagna lo aiutò ad alzarsi e a dirigersi verso lo studio per lasciarlo nelle buone mani del medico, mentre lei tornava seduta ad attendere irrequieta.

Sdraiato sul lettino cercò di contenere la sua agitazione, cercando di concentrarsi sul respiro, che diventava via via sempre più regolare, mentre i battiti accelerati di prima stavano rientrando nella normalità.

«Bene Dan, finalmente possiamo incominciare la nostra terapia. Vediamo un po' come agire per analizzare i problemi che ti affliggono!». La dottoressa con i suoi modi gentili si andò a sedere sulla sedia vicino a lui. Oggi sotto il camice non portava i soliti jeans attillati, ma una gonna che le arrivava fin sopra le ginocchia. Ai piedi aveva scarpe con décolleté e tacco che mettevano in bella mostra il dorso del piede. Sedendosi, accavallò come di consueto le sue gambe longilinee, ed il tailleur si alzò di qualche centimetro mostrando le cosce ben tornite. Gli ultimi due bottoni in basso del suo camice rimanevano aperti, per cui lasciavano intravedere le sue grazie, anche se in maniera del tutto involontaria. Sul piede destro, esibito più in alto per via di quell' accavallamento, si poteva notare un tatuaggio di un rettile, che dalla parte del collo strisciava fin dentro la scarpa, nella zona appena al di sopra delle dita.

Il paziente, seppure in condizioni precarie, aveva comunque percepito quel cumulo di informazioni sensuali che la giovane esprimeva in quella circostanza.

Lei si avvicinò ancora, per poter parlare col suo interlocutore a breve distanza. Era come se quel gesto la potesse aiutare ad esplorare meglio i pensieri di Dan, ma quest'ultimo aveva una sorta di campana di vetro che metteva in serbo la sua mente e non lasciava entrare nessuno.

L'ambiente circostante era pregno di cimeli poggiati da ogni parte. Sulla scrivania c'erano tanti piccoli souvenir distribuiti in maniera confusa. Quadri di ogni sorta ornavano le pareti. Alcuni giocosi con colori sgargianti, altri cupi con immagini ambigue e spettrali. In fondo, poggiato alla parete, era posizionato un pianoforte verticale, con lo sportello chiuso a chiave sui tasti d'avorio. E, riposto sotto, rimaneva uno sgabello rotondeggiante con tre piedi puntati a terra. Da quella distanza si riusciva a notare il marchio stampato sul fronte del pianoforte, con una sontuosa scritta color oro: "Knauss". Dalla lavorazione dei legni e dalla sua forma obsoleta, doveva risalire ai primi del '900. Aveva altre decorazioni in oro che lo abbellivano ancora di più, tra le quali: i due pedali nella parte inferiore e due candelabri in stile barocco ai lati superiori. Questi ultimi evidentemente consentivano all'artista dell'epoca di potersi esibire anche la sera, quando la distribuzione della corrente elettrica non era ancora alla portata di tutti.

Il legno in radica di noce dello strumento musicale, si adattava bene a tutto il resto dell'arredamento. Sui ripiani dell'armadietto erano poggiati dei rapaci imbalsamati. Uno fra tutti attirò l'attenzione di Dan, era un corvo scurissimo con gli artigli incollati su una base di pietra. L'ambiente strampalato cozzava non poco con il carattere solare della padrona di quello studio. Dopo alcune domande per mettere a proprio agio il paziente, la dottoressa si rese conto che per un caso come quello non poteva bastare una semplice terapia e si dovette avvalere del suo asso nella manica per scavare nel profondo di una mente contorta come quella.

"L'ipnosi".

Era una tecnica che usava raramente, solo per i casi più complicati. E questo di Dan doveva essere proprio uno di quelli. Il paziente risultava immune alle domande che lei gli poneva, non era partecipe e non lasciava trapelare alcuna sensazione. Un buon psicanalista doveva poter estrapolare quei pensieri e portarli sul suo taccuino di appunti. Ma con Dan allo stato attuale non poteva farlo.

Così la dottoressa Norma si diresse verso il pianoforte e prese l'oggetto che vi era posizionato sopra. Tornò dall'uomo e gli spiegò le sue intenzioni.

«Senti Dan, ho provato in vari modi, con tutte le tecniche di mia conoscenza, ma non riesco a lavorare in questo modo. Ho bisogno di entrare nella tua mente e l'unico modo per farlo è "l'ipnoterapia". Non è nulla di pericoloso, non devi preoccuparti assolutamente. Io sarò sempre al tuo fianco e cercherò di tranquillizzarti in ogni passaggio. Se per te va bene, possiamo incominciare».

Lui annuì, aveva piena fiducia nella sua terapista, e si lasciò andare in una smorfia di sorriso. La donna mise quell'oggetto sul ripiano vicino alla testa di Dan. Era un metronomo meccanico. Anch'esso di legno come il colore del pianoforte, con la lancetta in metallo. La dottoressa con l'indice diede la rincorsa alla lancetta ed il meccanismo si azionò tramite la sua molla, per dare il via a quell'andirivieni perpetuo. Era un modo alquanto bizzarro di scandire i rintocchi per portare il paziente in uno stato di ipnosi, ma evidentemente la giovane doveva essere una musicista e utilizzava quei metodi alternativi.

Impostò i battiti per minuto su un numero di giri basso, il minore sulla scala, che in gergo viene chiamato "grave" e si aggira intorno ai quaranta battiti per minuto. Il ticchettio di quell'aggeggio cominciò a rimbombare nella stanza. Il suono dei rintocchi si faceva sempre più cupo. Dan con gli occhi semichiusi cominciava ad avvertire la potenza di quei battiti, come fossero i rintocchi delle campane di St. Andrew.

La dottoressa, tra un rintocco e l'altro, si avvicinava sempre di più all'orecchio di Dan e gli sussurrava delle parole con la voce bassa. Il fiato sul lobo provocava brividi lungo la schiena del paziente.

«Rilassati Dan, chiudi gli occhi e concentrati sul tuo respiro».

L'uomo cominciò a rilassarsi inspirando ed espirando in maniera ritmata, seguendo il tempo che il metronomo scandiva.

«Ora sei nel tunnel Dan. Sei nel buio, ma non devi preoccuparti, ci sono io con te. Guarda alla fine di quel tunnel. La vedi? Lì in fondo c'è una luce. E' fin laggiù che dobbiamo arrivare!».

La voce della dottoressa si faceva sempre più lontana, nonostante gli stava sussurrando le frasi sul collo. La mente di Dan stava entrando in una dimensione del tutto nuova, eterea. Stava lasciando il mondo terreno per raggiungere quella luce. Le campane erano assordanti, l'oscurità si stava diradando, la luce era vicina. La donna cominciò con il conto alla rovescia in modo lento e ben scandito, con la sua voce sensuale.

Dieci
Nove
Otto
Sette
Sei
Cinque
Quattro
Tre
Due
Uno

«Sei nella luce Dan?».

Tra le mura domestiche

Portland, Oregon anni '70.

Tornato a casa, non riusciva a togliersi dalla mente lo sguardo disgustato di Dorothy nei suoi confronti. Ormai aveva perso ogni possibilità di avvicinarla. Era stato sempre timoroso nel farlo fino ad allora. Ma dopo che la ragazza lo aveva visto con strane compagnie, aveva del tutto perso ogni speranza.

Nell'armadio della sua cameretta aveva ben nascosto la scatola di sigari con la pistola e i soldi. L' aveva posizionata in fondo ad un cassetto. Ricoperto da vecchi indumenti che non usava quasi mai. Era il suo nascondiglio preferito sin da bambino. In quel posto ci aveva nascosto un po' di tutto nel corso degli anni, dalla fionda per cacciare le rane ai primi pacchetti di sigarette e alle riviste audaci. Ora l'oggetto da nascondere era molto più pericoloso, e il pensiero di avere in casa quella scatola lo faceva andare su di giri, sensazioni nuove si mescolavano in lui. Paura, ma anche eccitazione. Si fece una doccia per preparasi alla serata di festa. Poi, mentre sceglieva gli abiti da indossare, l'occhio tornò inevitabilmente su quel cassetto proibito. Lo aprì e tirò fuori la scatola. Si sedette sul letto ancora in mutande e calzini. Aprì lo sportellino con all'interno il logo della casa produttrice di sigari e rimase a guardare quel pezzo di ferro al suo interno. Era una Colt modello 1903 "Pocket Hammerless", ovvero un modello tascabile di piccole dimensioni di calibro 32 acp. Un'arma alquanto datata e tenuta di solito come riserva.

Infatti Mr. Hoffman la tirò fuori dalla sua fondina di cuoio legata al polpaccio. Sicuramente aveva una pistola più generosa addosso, magari una calibro 9x21 o addirittura una 45 magnum. Prese la Colt, che seppur di piccole dimensioni, aveva un peso notevole tra le mani. Impugnò il manico in legno e la puntò verso lo specchio. Dinanzi a lui c'era la specchiera dell'armadio sull'anta socchiusa. Si alzò dal letto e si mise in posizione con la pistola puntata, guardandosi fisso nel riflesso dei suoi occhi. L'arma era scarica, ma una manciata di proiettili erano riversi sul fondo della scatola. Puntò la pistola verso il pavimento e con l'altra mano afferrò il carrello per portarlo verso di sé. L'operazione di "scarrellamento" fino ad allora l'aveva vista solo al cinema, come d'altronde anche tutta quella nuova situazione che per lui sembrava un incredibile film.

Aperta la canna controllò che non vi fossero cartucce all'interno. Dopodiché si sedette di nuovo cercando di capire come funzionava quel marchingegno. Sicuramente il caricatore doveva uscire da sotto, era nascosto all'interno del manico. E infatti capovolse l'arma e trovò il pulsante di sblocco. La rimise in posizione e lo azionò, a quel punto il caricatore venne giù cadendo a terra. Il rumore del metallo sul pavimento non passò di certo inosservato, visto che i suoi genitori erano di là in cucina con il piatto già pronto in tavola.

La mamma lo chiamò a gran voce per avvisarlo della cena pronta. Dan frettolosamente ricompose tutto e nascose la scatola al solito posto, cercando velocemente di mettersi addosso una maglietta ed un paio di jeans per andare a mangiare.

«Ma che diavolo stavi combinando di là?». Lo rimproverò il padre, che aveva già da un po' il piatto fumante davanti a sé, ma non aveva ancora incominciato a mangiare. A costo di far raffreddare il cibo, lui esigeva che all'ora di cena tutti dovevano essere a tavola, la famiglia si doveva prima riunire e poi si cominciava a cenare. Sempre dopo aver ringraziato il Signore ovviamente. Per cui, anche se in ritardo, coi gomiti sul tavolo e le mani giunte iniziarono a fare le loro preghiere. Dan stava quasi per non compiere quel gesto quotidiano in segno di ribellione, infatti tentò di tenere le mani sotto il tavolo, ma uno sguardo fulminante del padre lo convinse a pregare con il resto della famiglia.

Mentre recitavano assorti e a bassa voce quella litania, Dan cominciava a guardare i suoi genitori in maniera diversa, più distaccata. I suoi occhi puntarono in particolare il padre, che aveva sempre temuto. Ora sentiva una spinta nuova dentro di sé, seguitava a guardarlo senza abbassare mai lo sguardo. L'uomo si rese conto che il figlio non stava recitando la preghiera di rito e si fermò anch'egli ponendogli la domanda incuriosito.

«Be', cos'hai da guardare. Hai finito di dare il tuo ringraziamento a nostro Signore?».

Il ragazzo rispose in maniera secca e decisa.

«Si!», senza mai distogliere gli occhi.

«Allora? Mangiamo forza. Che la minestra si sta già freddando». Il signor Twice prese il cucchiaio e cominciò a gustare il brodo della pasta coi broccoli che la moglie aveva preparato con cura.

Ma lo sguardo del figlio era ancora fisso su di lui, e dopo aver soffiato nel cucchiaio, prima di portarselo alla bocca si fermò e lo ricambiò. L'aria sembrava diventata pesante in casa. La mamma cercando di sdrammatizzare cominciò a far domande sulla cena.

«Allora? Oggi ho fatto i broccoletti, li ho presi dal negoziante qui sotto casa, mi ha assicurato che sono freschi, roba buona. Provengono direttamente dalla campagna, vi piacciono?». Ma le parole della donna non scalfirono i due che si osservavano in silenzio senza battere ciglio, come in una silenziosa sfida.

Una strana quiete aleggiava in quella casa, mai prima d'ora Dan aveva osato sfidare il padre in quel modo. Ora, senza neanche parlare e senza aprir bocca, lo stava facendo. E il suo atteggiamento non era più quello di un ragazzino timido e ubbidiente. Senza parlare, aveva fatto capire che le cose stavano cambiando.

«Mangia!!!». Ordinò il padre cercando di far valere ancora la sua autorità da capo famiglia.

Dan non rispose, seguitando a guardarlo fisso negli occhi, scostò il piatto da davanti e insieme spostò anche il suo tovagliolo e le posate con un gesto di rifiuto. Liberato il posto dinanzi a sé, poggiò i gomiti sul tavolo e rimase a braccia conserte con un senso di strafottenza addosso. A quel punto la pazienza del signor Twice superò ogni limite e, inesorabile, partì uno schiaffo che con le sue mani pesanti andò a colpire la nuca di Dan. La rincorsa fu talmente piena e veloce che l'impatto fece cadere in avanti la testa del ragazzo facendola finire rovinosamente nel brodo.

Se fosse stato il Dan di prima, sarebbe scappato via a piangere sul suo letto, magari con il cuscino pressato sulla testa per stordire le sue angosce. Ma quel giorno non fu così, tirò fuori la faccia dal piatto e si pulì col tovagliolo. Gocce di brodaglia gli colavano dagli occhi, passando per le guance. Si strofinò una sola volta il viso, ma lo fece con una forza tale che la sua pelle diventò rossa. Con i denti stretti e i nervi tesi, buttò via lo straccio sul tavolo e si alzò dalla sedia in maniera fulminea. La mamma rimase sconvolta, il gesto sembrava fosse diretto a reagire nei confronti del padre.

Il ragazzo guardando il suo interlocutore disse.

«Non ho fame!». Serrando le mascelle in una smorfia di rabbia che fece intimorire anche il signor Twice. Lasciò la cucina, ma questa volta lo fece senza chidere il permesso a nessuno e andò a prepararsi per la serata, mentre la signora Twice scoppiò a piangere disperata.

Il marito, che fino a quel momento era sempre stato un padre e padrone, aveva assaporato per la prima volta la paura tra le mura domestiche. Aveva capito che quello non era più il Dan da sgridare o da rimproverare per ogni cosa, quello era un Dan che né lui né sua moglie riconoscevano più.

Festa alla Lincoln High School

Portland, Oregon anni '70.

Il tramonto era calato sui palazzi della città. La grande festa, organizzata dai gruppi che capitanavano il liceo Lincoln, si doveva tenere in un enorme capannone nell'area industriale. Era il deposito dismesso di una fabbrica chiusa ormai da anni. Sembrava tipo un hangar per il ricovero degli aerei. Aveva un soffitto altissimo e all'interno il vuoto assoluto, prima che i ragazzi si fossero ingegnati coi loro preparativi. Per la fine dell'anno scolastico ogni scuola organizzava questo tipo di feste, e quella doveva essere una della più grandi. L'enorme piazzale antistante era stato adibito a parcheggio e le auto incominciavano ad arrivare colme di ragazzi allegri e chiassosi. Dan aveva già un jeans addosso, prese la prima camicia che gli capitò a tiro e se la infilò senza badare più di tanto a come gli stava. Tirò giù il giubbotto di pelle nero dall'attaccapanni posto nel corridoio e chiuse con veemenza la porta di casa. I genitori ancora stupiti dal comportamento di prima, non commentarono più l'accaduto. La mamma si mise a lavare i piatti ed il padre davanti alla televisione, come se nulla fosse successo. Quello doveva essere un metodo che i coniugi Twice erano soliti utilizzare per superare le problematiche della vita, non parlarne più. Metodo sicuramente obsoleto e non efficace, almeno in questo caso. Forse la signora Twice voleva affrontare le cose in maniera diversa, col dialogo. Ma il carattere del marito non era facilmente gestibile, chiuso in se stesso, si metteva sul divano e non voleva saperne più nulla. Non affrontando la questione però, non si superava il problema, era palese che Dan stava cambiando.

Il loro figliolo, sempre educato e remissivo, stava prendendo una brutta piega e questa volta non potevano far finta di niente.

Dorothy e le sue amiche erano già sul posto. Lei faceva parte del gruppo che aveva organizzato il tutto. Avevano passato gli ultimi giorni a cercare un gruppo musicale che potesse suonare dal vivo per animare la serata. Avevano allestito i tavoli con il buffet per il ristoro. Prepararono un'infinità di roba da mangiare come sandwich, tartine e bevande di ogni tipo. Addirittura erano riusciti a trovare un bancone che un vecchio locale non utilizzava più, cosi da predisporre l'angolo delle bevute in fondo al capannone come un vero e proprio bar. Allestirono tante luci colorate appese al soffitto, e la classica palla piena di specchi posizionata al centro della pista, che rifletteva le variopinte colorazioni delle lampade. Era diventata una vera e propria discoteca, messa a punto per il grande evento.

Dan raggiunse il solito posto sul muretto della piazzetta per il ritrovo con gli amici, ma anche in quell' occasione non trovò nessuno. Non gli rimaneva che incamminarsi e raggiungere l'area industriale a piedi. La serata era piacevole, una leggera brezza accarezzava il suo volto, mentre le luci della città si allontanavano al di là del fiume. Cercò di prendere una scorciatoia per ritrovarsi alle spalle del capannone, conosceva molto bene quei posti, li aveva sempre frequentati da piccolo. Con le biciclette andavano a giocare proprio tra quelle fabbriche. Lì si estendevano grandi piazzali dove poter girare in tranquillità, senza trovare auto che impedivano i loro movimenti. Erano soliti costruire dei percorsi in quei grandi spazi, delimitavano i tragitti con delle pietre e poi al traguardo mettevano un fazzoletto poggiato su un' asta. Chi arrivava per primo doveva agguantarlo, così risultava vittorioso e contento. Erano giochi semplici che li divertivano un mondo.

Dopo la passeggiata solitaria raggiunse il parcheggio. Tra la folla di ragazzi che cercavano di entrare dall'ingresso principale, vide anche i suoi amici. Cercò di chiamarli a gran voce, ma la ressa era talmente caotica che non ebbe alcun riscontro. Allora decise di avvalersi del suo singolare fischio. Portò le mani in bocca ed emise il classico suono, molti si girarono verso di lui, anche i suoi amici lo fecero, ma i loro sguardi erano diversi dal solito. Non risposero alla chiamata, lo guardarono e fecero finta di nulla. Gli voltarono le spalle e cercarono di sparire verso l'ingresso.

Dan rimase sconcertato da quel comportamento, si fermò a riflettere. Volevano evitarlo, ma perché? Erano i suoi amici, gli stessi con i quali aveva condiviso tutto, dai giochi d'infanzia, alla scuola. Si accodò alla fila con un velo di tristezza e attese il suo turno per entrare alla festa.

Una volta dentro, la bolgia si muoveva al ritmo di musica, i quattro ragazzi sul palchetto stavano suonando brani di repertorio per riscaldare l'ambiente. Spaesato e senza meta cercò ancora con lo sguardo quegli amici, con un briciolo di speranza che gli faceva ancora auspicare di non essere nuovamente escluso.

Riuscì a vederli, sostavano dinanzi al bancone del bar, c'erano Richard, Frank e Bobby. Le loro ragazze erano sedute sui divani più distanti. I tre erano andati a prendere qualcosa da bere sia per loro che per le rispettive fidanzate. Dan stava per avvicinarsi, ma subito uno di quelli fece un cenno furtivo agli altri, che man mano cominciarono a lasciare il banco. Solo Richard, in ritardo da quella fuga, rimase in attesa delle sue bevande da parte del barman.

Così Dan, accelerando il passo, poté raggiungerlo.

«Richy....Ma dove eravate finiti, vi ho cercato anche oggi pomeriggio!». Il ragazzo ebbe i suoi due bicchieri e, mentre li sorreggeva in mano per portarli via, rispose in maniera sfuggente.

«Ah si Dan, siamo venuti in macchina, eravamo già in sei, non c'era più posto. Vado a portare da bere alle donne. Stammi bene !».

«Come stammi bene?», pensò Dan sempre più spaesato. Ma che stava succedendo? Perché lo avevano lasciato da solo, proprio il giorno della tanto acclamata festa. Ne avevano parlato per mesi di come si sarebbero divertiti e della baldoria che avrebbero fatto insieme e, ora che era arrivato il momento, si ritrovava solitario al bancone, mentre tutti gli altri seguitavano a ridere e a scherzare. A quel punto capì che non gli rimaneva altro da fare. Si poggiò con i gomiti su quel bancone, con un senso di rabbia e di delusione addosso.

«Un Latte di Suocera!». Ordinò al ragazzo del bar.

«Come scusa?», questi pensò di non aver capito per via dell'alto volume della musica. Ma Dan aveva proprio citato quel liquore e glielo ribadì una seconda volta, scandendo per bene le parole.

«Spiacente non ce l'abbiamo, anzi sinceramente io non l'ho mai sentito!». E accompagnò la frase con una risata. Dan lo guardò fisso negli occhi con quello sguardo nuovo che aveva maturato da qualche tempo. Serrò le mandibole e digrignò i denti, senza dire nulla. Il barman fece sfumare la sua risata e si azzittì all'istante continuando a servire gli altri clienti. I verdi occhi di

Dan cominciavano a mettere paura sul serio. Si guardò intorno per cercare Dorothy, almeno con lei voleva parlare, chiederle scusa. Sentiva il bisogno di comunicarle qualcosa. Si fece un giro intorno alla pista per cercarla. Intanto il complesso musicale terminò con il pezzo movimentato ed il batterista con quattro colpi di bacchetta diede il tempo per un lento. La folla in pista si diradò e rimasero solo le coppiette abbracciate ad ondularsi al suono di "Time is on my side" dei Rolling Stones. L'arpeggio di chitarra iniziale lasciava ben sperare, quella per Dan poteva essere una giusta occasione per rimettere tutto a posto invitandola a ballare.

Eccola! Dorothy era lì, girata di spalle vicino il tavolo del buffet. Le si avvicinò con il cuore che batteva a velocità folle. Stava per chiamarla, mancavano pochi passi. Con un gesto della mano stava per sfiorarla. Era quasi arrivato, lei era lì dinanzi a lui. Si voltò come se ne avesse avvertito la presenza. I due sguardi si incrociarono per un attimo senza dire nulla. Era bellissima, con i capelli raccolti e la camicetta sbottonata che lasciava intravedere le protuberanze del petto.

Il suo foulard rosa al collo, per coprire quel vistoso neo che tanto la infastidiva. La sua carnagione chiara era velata dalle lentiggini che, alle luci colorate della festa, sembravano quasi brillare.

Era lì davanti a Dan, ma non era sola! Il ragazzo accanto a lei la prese per mano e la accompagnò in pista per abbracciarla in quella sinuosa danza.

Il mondo gli crollò addosso. Dopo la disfatta degli amici ora anche lei lo aveva abbandonato. Era solo come non mai. Il mondo intero lo aveva messo da parte. Le note di quella canzone sembravano spine lancinanti in petto. Fuggì via da quel posto maledetto. Si mise a correre fuori, raggiunse nel buio della sera il lungofiume. Il nodo in gola lo affliggeva, lo soffocava. Correva e piangeva, lacrime silenziose di rabbia, di desolazione, gli solcavano le guance. Corse fino a perdere il fiato. Fino a doversi fermare e poggiare le mani alle cosce. Piegato in avanti stava quasi per vomitare. Conati di vomito gli percorsero la bocca dello stomaco, procurandogli quell' acidume tipico che rifletteva tutto il suo male interiore. Cercò di calmarsi, riprendendo fiato pian piano. Disperato e con le mani tra i capelli, camminava in un andirivieni insensato, senza meta. Finché un'idea perversa non illuminò il suo cervello ormai devastato.

Maldicenze di quartiere

Portland, Oregon anni '70.

La festa stava proseguendo nel migliore dei modi e tutti erano felici, l'anno scolastico era giunto al termine ed il modo migliore per salutarlo era proprio quello, ballare fino al mattino. C'erano proprio tutti quella sera, il gruppo degli organizzatori dell'ultimo anno e anche qualcuno più giovane, che doveva frequentare ancora altri anni prima di raggiungere il diploma. Gli amici di Dan erano in pista a ballare con le loro ragazze. Dorothy era indaffarata a servire dietro il tavolo del grande buffet, tutto procedeva per il meglio.

Solo Dan camminava solitario per le strade buie nei pressi del parco, in preda ad uno stato di collera che non lo faceva più ragionare. Disperandosi in un pianto isterico prese la via di casa. Aveva deciso di tornare nella sua cameretta per poi uscire di nuovo, più forte di prima. Entrò in casa che i suoi genitori erano già a letto. Cercò di non fare rumore, s'intrufolò nel soggiorno e andò a rovistare nel mobiletto di liquori vicino al divano. Afferrò una bottiglia di whisky a caso. Svitò il tappo e cominciò a bere. Entrò nella sua stanza e si fermò davanti allo specchio con la bottiglia in mano. La sua immagine riflessa per intero lo ritraeva diverso. Stanco, magro, con delle vistose borse sotto agli occhi, sguardo inespressivo, uno zombie.

Si accovacciò a terra poggiando la bottiglia e iniziò a rovistare nel cassetto. Avidamente buttò via gli indumenti da dentro e ne liberò la visuale. La scatola era lì al solito posto. Dentro c'era la soluzione a tutti i suoi problemi. La aprì e prese la Colt. Sganciò nuovamente il caricatore e cominciò ad inserire i proiettili, uno per volta li pressò dentro. Ognuno di essi emetteva un leggero clic, per via della molla che li accoglieva tenendoli fermi. Riempito il caricatore con otto colpi, lo infilò su per il manico e, con un colpo secco sotto il calcio, lo serrò. Si mise in piedi e nascose l'arma dietro la schiena, sorretta solo dalla cinta dei pantaloni. Prese nuovamente la bottiglia tra le mani e andò via.

Ricominciò a vagare tra le vie della città perso nei suo pensieri, intanto la mite serata estiva lasciava spazio ad un annuvolamento improvviso. Il chiarore della luna fu avvolto dall'oscurità delle nubi cariche di pioggia. Le prime gocce cominciarono a scendere piano, poi man mano sempre più fitte e pesanti. Finita la bottiglia la gettò via lontano ma, nonostante l'impatto col cemento del viale, quella non si ruppe. Restò a fissarla per un po' e poi tirò fuori l'arma. Sotto la pioggia battente i suoi vestiti erano pregni d'acqua, i suoi capelli fradici. Alzò il braccio per prendere la mira verso quel vetro a una decina di metri di distanza. E, dopo un breve momento di concentrazione, dato che il whisky gli stava già annebbiando la vista, esplose un colpo. Un unico proiettile che emise un suono rimbombante sotto lo scroscio del temporale. La bottiglia si frantumò, rimase a guardare quei cocci con ancora in pugno la pistola. Poi con una smorfia di sorriso in stato di ebrezza, ripose l'arma dietro il pantalone e si incamminò verso il capannone della festa tutto soddisfatto. Il tempo trascorso era stato davvero notevole, anche se lui in quello stato non se n'era accorto. Quando arrivò nel parcheggio, già molte macchine non c'erano più. Era notte fonda e la festa stava volgendo al termine. Si poggiò sulla portiera di un'auto e seguitò a rimanere sotto la pioggia battente senza riparo alcuno. Intanto Richard ed il suo gruppetto di amici uscirono dalla porta e si diressero verso la loro macchina, cercando di ripararsi come potevano con i giubbotti sulla testa. Correndo felici tra le pozzanghere, uno di loro vide Dan poggiato a fumare una sigaretta bagnata. Aumentarono il passo e sparirono nell'abitacolo pensando che il loro amico Dan ormai avesse perso del tutto la ragione.

Lui non si curò di loro e continuò a dare boccate a quella cicca inzuppata, che faticava ormai ad emettere fumo. Intanto quasi tutti lasciarono lo stabile. All'interno erano rimasti solo gli organizzatori e i ragazzi del complesso musicale, che stavano smontando i loro strumenti per riporli nel furgone.

Quando ad un tratto uscì lei, Dorothy. Sotto l'ombrello, in compagnia di quel ragazzo che la riparava dalla pioggia. Si avviarono anche loro verso un'auto, ma la ragazza con la coda dell'occhio si accorse di Dan, solitario e sconvolto, che li fissava da una certa distanza, immobile e con la schiena poggiata ai finestrini.

Dorothy arrestò il passo e conferì qualcosa al suo accompagnatore, poi lasciò il riparo dell'ombrello e corse da Dan.

«Ma che ci fai sotto la pioggia, sei tutto fradicio!».

«Aspettavo qualcuno che se ne accorgesse, grazie!». Rispose lui biascicando. Da come stava rilassato su quell'auto e dalle parole strascicate pronunciate poc'anzi, Dorothy non ci mise molto a capire che le sue condizioni erano alquanto precarie.

«Vuoi un passaggio a casa?». La ragazza aveva sempre avuto un comportamento dolce con lui, sin dai tempi della fanciullezza, e anche ora che lo aveva trattato male nel pomeriggio, si stava dimostrando la Dorothy di sempre.

«Meglio di no», rispose lui con gli occhi semichiusi. Poi dopo una breve pausa proseguì.

«Torno a piedi, comunque a prendere tutta questa pioggia ne è valsa davvero la pena stasera!». Era di poche parole, ma aveva tanto da dire, e voleva esprimersi con lei. In passato non aveva mai trovato il modo. Quella fu la prima volta che le parlò diretto, in maniera quasi spudorata per il suo carattere chiuso.

«Come vuoi», lei lo guardò da cima a fondo e iniziò a preoccuparsi sul serio, era in condizioni pessime. Girò le spalle e raggiunse il suo cavaliere, che prontamente la ricoprì di nuovo con l'ombrello. Prima di salire in auto, si voltò ancora una volta verso Dan. Si scambiarono un'ultima ed intensa occhiata prima che l'auto riprendesse la via di casa.

Il mattino seguente un gran mal di testa non riusciva a farlo alzare dal letto, si era addormentato coi panni bagnati e aveva inumidito tutte le lenzuola. Nel dormiveglia il primo pensiero soave gli balzò alla mente, l'incontro con Dorothy. Spensieratezza e un ghigno di soddisfazione stavano quasi per farlo girare di lato per seguitare il sonno beato, quando ad un tratto tornò alla realtà e un pensiero tremendo lo sopraggiunse.

«La pistola!», pensò di soprassalto, e balzò fuori dal letto con uno scatto fulmineo per controllare se l'aveva ancora addosso. Il mettersi in piedi così di fretta lo fece destabilizzare per via del giramento di testa. Poi cercò nel letto, ma niente. Aprì il cassetto del comodino di fianco, controllò sotto il cuscino. Guardò anche sul pavimento e sotto al letto per sicurezza, ma niente.

Si passò una mano fra i capelli, iniziava a tremare dalla paura di averla persa chissà dove. Aprì l'armadio, bianco in volto, e rovistò il cassetto, la scatola era lì al suo posto. Prima di aprirla inspirò intensamente sperando di trovare ciò che stava cercando.

Sì, la Colt era sistemata nella scatola insieme ai dollari e a qualche manciata di proiettili. Controllò il caricatore, erano rimasti sette colpi. Mise la sicura e richiuse la scatola tirando un sospiro di sollievo.

La mamma di Dan era solita fare la spesa dall'ortofrutta sotto casa, anche quella mattina scese alla buon'ora e s'incamminò verso il negozio. Aveva smesso di piovere e il cielo si era schiarito. La donna come sempre salutava tutti, sia i conoscenti che non , visto che nel loro piccolo quartiere c'era ancora quel senso di rispetto che caratterizzava le persone di un tempo. Ma quella mattina, i suoi saluti rimanevano vani, più di qualcuno non contraccambiava. All'inizio non ci fece caso più di tanto, poi entrando nel negozio, anche l' ortolano abbozzò un mezzo saluto e cercò di essere abbastanza sbrigativo nel servirle i broccoli e le altre verdure. La donna rimase spiazzata da quel comportamento generale. Ma in cuor suo aveva già tirato le somme. Era per via del suo Dan, sicuramente.

«Cosa poteva aver combinato il suo ragazzo?». Si chiedeva sempre più con preoccupazione. Tornata a casa, lo andò a chiamare in camera sua, ma lui era sotto la doccia.

Trovò riversi sul pavimento tutti gli indumenti umidi e le scarpe sporche.

«Ma che stava succedendo, cosa faceva quel ragazzo quando usciva la sera?». Iniziò a farsi un sacco di domande e decise di parlarne col marito. Anche se la città era abbastanza estesa, i quartieri erano ben divisi tra loro e le voci correvano in fretta, sopratutto quelle brutte.

Il padre di Dan svolgeva un lavoro di vigilanza nei pressi di una fabbrica all'interno dell'area industriale. Se il ragazzo avesse tardato ancora qualche minuto, lo avrebbe potuto incontrare per strada andando a lavoro. Nella pausa pranzo il signor Twice e i suoi colleghi non rientravano a casa, ma mangiavano un panino e bevevano una birra all'interno della fabbrica stessa. Uno dei suoi colleghi però, andava a mangiare al ristorante, voleva trattarsi bene lui. E, di ritorno dal buon pranzo di Zio Ennio, portò l'eclatante notizia ai colleghi.

«Sapete che il figlio di Twice se ne va' in giro con quel Mr. Hoffman?».

«Ma che stai dicendo, ne sei sicuro?», rispondeva qualcuno incredulo.

«Ti dico di sì, li hanno visti al ristorante che pranzavano addirittura insieme!», continuava quello tutto eccitato per l'incredibile scoperta. L'unico a non sapere ancora nulla era proprio il padre di Dan, che finito il suo panino cominciava subito a riprendere servizio.

Ma quando si sta tramando qualcosa alle tue spalle non ci metti molto ad intuirlo. Ed il signor Twice, lo intuì ben presto. Tornato a casa per la cena, volle parlare con la moglie. La donna stava aspettando di fare lo stesso. Entrambi volevano chiarire quella situazione che stava affliggendo casa Twice per via del loro caro figliolo.

Capitolo IV

Scavare nel profondo

Portland, Oregon ai giorni nostri.

«Sei nella luce Dan?».

La dottoressa Norma ripeté la domanda cercando di alzare lievemente il tono della voce, rimanendo sempre con le labbra nei pressi del collo del suo paziente. L'emissione di quelle parole accompagnate dal suo alito caldo, fecero drizzare i peli delle braccia di Dan, provocandogli una leggera pelle d'oca. Lui finalmente rispose, in maniera sommessa.

«Si», ad occhi chiusi. Mentre continuava a respirare in modo affannato.

«Bene, ora cerca di stare calmo, ci sono io qui con te, non ti lascio solo, non temere». E gli carezzò la mano per fargli sentire la sua presenza.

Il suo respiro andava via via migliorando, segno che stava recependo le informazioni che la dottoressa gli infondeva. Lei prese subito in mano il suo inseparabile block-notes e, con la penna poggiata sul labbro inferiore, cominciò a pensare sul da farsi. Dan dal canto suo, era letteralmente in balìa di quella voce. Versava in uno stato ipnotico a lui sconosciuto fino a quel momento, l'unico appiglio con il mondo circostante era appunto il suo medico. Intanto il metronomo continuava a scandire i suoi colpi, incessanti e ritmati, a battito lento.

«Vedi Dan, noi siamo medici come tutti gli altri, solo che, invece di studiare un arto, un organo interno o quant'altro del tuo corpo, studiamo la tua mente, e tutto ciò che vi è celato al suo interno. Per cui ora dimmi, quali sono i tuoi incubi? Perché durante la notte ti agiti così tanto da parlottare nel sonno fino a che non arriva quell'urlo liberatorio che ti fa svegliare?».

La dottoressa aveva già fatto una diagnosi dei suoi disturbi notturni e si era preparata degli appunti a riguardo. A seguito delle informazioni avute dalla signora Twice, ne aveva redatto una piccola tesi. I disturbi del suo paziente avvenivano nella fase non-rem del sonno, allo stadio denominato "tre", quello più profondo, dal quale è più difficile venirne fuori. I suoi non erano semplici incubi, ma dei veri e propri terrori notturni. La sua mente li percepiva come se fossero vivi, presenti attorno a sé. La difficoltà in questi casi sta proprio nel volerli scacciare, perché in quel preciso istante gli impulsi del cervello non riescono ad arrivare agli arti, che risultano del tutto inanimati. Una vera e propria "paralisi del sonno". Per cui l'unico modo per sfuggire da quelle presenze demoniache, che infestano la propria stanza, è cercare disperatamente il risveglio. Gli unici muscoli a rispondere agli impulsi fallimentari del cervello possono essere le corde vocali, che strepitano in un urlo roboante, destando l'individuo in preda al panico. Il momento del risveglio è alquanto delicato, la fase non-rem di sonno profondo porta la respirazione ed i battiti cardiaci al minimo delle loro frequenze, per un sonno appagante e definito di alta qualità. Ma con il subentrare delle terrificanti immagini, il respiro ed il battito hanno un incremento di picco, che portano il paziente ad uno stato di iperventilazione e shock. Perciò è buon uso, per chi gli sta vicino, cercare di svegliare il sofferente nel modo più dolce possibile. La signora Twice in tutti quegli anni lo aveva imparato e a volte, per farlo calmare prima che l'urlo partisse a svegliare anche i vicini, cercava di fargli delle carezze, prendergli la mano e tranquillizzarlo fino a non farlo esplodere.

«Cosa vedi durante la notte Dan, cos'è che ti turba così tanto da farti svegliare?».

Lui non rispose, ma emise un lamento con la bocca semichiusa. La dottoressa ripropose la domanda, cercando di fargli sentire la sua vicinanza, la sicurezza di averla accanto tenendogli il palmo della mano.

«I mostri, ci sono i mostri, i demoni, vogliono farmi del male. Voglio reagire, ma non riesco. Voglio scappare, ma sono fermo, immobile. Mi raggiungono!».

Mentre pronunciava quelle parole, con fare confuso ed un leggero rigagnolo di bava che gli fuoriusciva dalla bocca, iniziava ad agitarsi nuovamente. Poi continuò con l'interessante racconto.

«La sua veste bianca si muove col vento, lei urla!».

«Chi urla Dan, e perché?».

L'uomo non rispose alla domanda, ma continuò a farneticare con altre frasi sconnesse.

«La stanza è la numero 204, il foulard è rosa, la luce proviene dalla finestra esposta a est!».

La psicanalista, confusa dalle sue dichiarazioni, prontamente lo tranquillizzò, lasciò di colpo i fogli per liberarsi entrambe le mani. E, mentre con una teneva il palmo di Dan, con l'altra cominciò a carezzargli la testa come fosse un bambino in cerca di conforto. La voce della dottoressa si faceva sempre più cauta, come una mamma che rassicura il proprio figliolo quando di notte si presenta al letto dei genitori e chiede di voler dormire con loro, ma lei premurosamente lo riporta nella sua cameretta e gli rimbocca le coperte, spiegandogli che quello è il suo posto e che deve sconfiggere le sue paure per poter diventare grande e forte.

Dan grande lo era già da un pezzo, ma le sue paure non le aveva mai sconfitte. Qualcosa dentro di lui non quadrava. Qualche tassello del puzzle non era al suo posto, mancavano dei dettagli. La dottoressa voleva ricomporre la sua mente, era un caso del tutto singolare e desiderava arrivare cautamente fino in fondo.

Ne valeva della sua reputazione di psicoanalista rinomata, ma aveva anche preso a cuore la vicenda di quei due coniugi affranti.

«I mostri sono dentro ognuno di noi Dan, dobbiamo imparare a dominarli. A farli rimanere al loro posto, non devono darci fastidio. Per cui ora, al mio schioccare delle dita, tu ti risveglierai e sarai di nuovo tra noi».

Schioccò la prima volta, poi la seconda. Poi batté le mani come a produrre un applauso singolo.

«Apri i tuoi occhi Dan!».

A quel punto l'uomo cominciò a biascicare qualcosa di incomprensibile, e cercò di aprire a fatica gli occhi pesanti. Spaesato si guardò intorno e trovò subito il sorriso rassicurante di lei che gli parlò amorevolmente.

«Ora è tutto finito, stai tranquillo e cerca di rilassarti, concentrati sul respiro. Piano piano, inspira ed espira lentamente».

Lui eseguì alla lettera e si ritrovò seduto sul lettino con i gomiti poggiati sulle ginocchia e le mani fra i capelli.

«Ma che è successo, dove mi trovo?».

La donna gli pose un fazzoletto di carta per potersi asciugare la saliva che gli era fuoriuscita dalla bocca e andò a spegnere il metronomo. Il tempo trascorso dall'inizio della seduta era rimasto indefinito per l'uomo.

Completamente perso, la dottoressa lo aiutò a mettersi in piedi e lo fece accomodare su una delle due sedie dinanzi alla scrivania.

Poi andò a chiamare la moglie e ad entrambi riferì le sue prime impressioni sulla seduta di ipnosi appena terminata.

«Bisogna iniziare prima di tutto a sistemare il giorno, e poi di conseguenza aggiusteremo anche le notti!». I due coniugi si guardarono senza comprendere.

«Allora, prima di tutto devi farti delle belle passeggiate all'aria aperta, non solo per un ora! Ci vuole aria, respira a pieni polmoni, abbiamo un lungofiume meraviglioso, fai delle belle camminate in riva al Willamette, e cerca di rilassare la tua mente guardando la natura, gli uccellini che cinguettano tra i rami di ciliegio, i verdi parchi pieni di ossigeno. Poi un altro consiglio che voglio darti è di avere orari regolari per ogni cosa. Mangiare alla stessa ora tutti i giorni, colazione, pranzo e cena. Andare a letto presto la sera, alla solita ora tutti i giorni una volta spenta la luce. Anche sul cibo vi ho stilato una lista di alimenti da evitare , e ovviamente gli alcolici sono vietati, cosi come il fumo. E' tutto chiaro Dan?».

Lui fece un cenno con il capo mentre la signora Twice ringraziò vivamente il medico che li salutò dicendo:

«Ci vediamo la prossima settimana alla solita ora!».

Avvisaglie intimidatorie

Portland, Oregon anni '70.

La nuova settimana di lavoro dopo il week-end ricominciava per tutti, nella sua apparente normalità. Il signor Twice tornò al suo turno di vigilanza presso la fabbrica, mentre Dan dovette alzarsi dal letto e lasciare i suoi pensieri sul cuscino per andare all'officina di Big John. Si presentò con un leggero ritardo, con un'aria stravolta. I suoi colleghi di lavoro lo guardavano in modo strano e con una certa diffidenza. Le voci maligne correvano in fretta e, al vecchio proprietario era già giunto all'orecchio che il ragazzo, tanto dedito al lavoro e così sveglio, avrebbe preso una brutta piega nell'ultimo periodo. Big John, per via anche della conoscenza con il padre di Dan, non voleva subito troncare il futuro lavorativo di quel giovane, ma se le cose non cambiavano si vedeva costretto a prendere una drastica decisione e allontanarlo dall'officina.

Quella mattina, sotto le auto, i meccanici lavoravano tutti in silenzio, solo la radio rimaneva accesa come sempre ad allietare la fatica, tra un brano e l'altro c'erano un sacco di pubblicità e riferimenti alla prossima partita di baseball che i "Portland Mavericks" dovevano disputare proprio quel mercoledì. Era la più importante della stagione, con quella si decideva il campionato. Era l'ultimo cruciale incontro che vedeva i padroni di casa impegnati contro i Mariners per aggiudicarsi il titolo. La città era in fermento e trovare ancora dei biglietti disponibili sarebbe stata un'impresa davvero ardua per tutti. Anche i colleghi di officina di Dan erano interessati alla partita e, ogni volta che la radio ne parlava, commentavano sbuffando perché non potevano andarci.

A metà mattinata, dopo un paio di cambi d'olio a qualche autovettura e tanta voglia di non far più nulla, Dan uscì sul piazzale antistante per scaricare l'olio esausto dentro il barile di raccolta. L'inconfondibile rombo della Cadillac Limousine si fece strada tra le auto in sosta. Il ragazzo udì quella macchina in arrivo e un senso di agitazione lo portò in uno stato quasi di paralisi. Non sapeva se nascondersi dentro l'officina oppure affrontare il nuovo incontro con Mr.Hoffman. Di sicuro non era un buon momento per farsi vedere in sua compagnia, Big John non ne sarebbe stato entusiasta.

Ma l'auto arrivò e Mr.Hoffman scese dalla portiera posteriore. Con la sua classica eleganza che non celava affatto il suo aspetto malavitoso.

«Ehi ragazzo mio, come va oggi? Qui ti fanno lavorare troppo, hai una faccia stanca!».

Dan accennò una smorfia di sogghigno, ma non era per niente soddisfatto di quella visita improvvisa.

«Be', che c'è non mi saluti?».

«Buongiorno Mr. Hoffman», rispose timoroso, mentre lanciava occhiate dentro per scrutare i suoi colleghi. Peter e l'altro meccanico fecero finta di nulla e continuarono ad armeggiare sotto i motori.

Mr. Hoffman si avvicinò con le mani aperte come a cercare un abbraccio, ma Dan con la sua tuta sporca di grasso non si mosse. Il distinto visitatore sorreggeva, tra le dita piene di anelli, due biglietti di colore rosso. Come i colori della squadra del cuore di Dan.

«Allora? Non vuoi andare a vedere la partita?». Sorridente l'uomo sventolava i due ingressi nella mano destra, mentre con la sinistra si sistemava il nodo della cravatta, che oggi aveva un colore più tenue, una sorta di ciclamino sbiadito. I suoi abiti erano sicuramente di ottima fattura e cuciti su misura da qualche sarto, ma gli abbinamenti di colori che ne seguivano lasciavano alquanto a desiderare.

Il ragazzo non poté fare a meno di rimanere estasiato alla vista di quei due coupon, la sua bocca rimase aperta in segno di stupore. Era un sogno per lui poter andare a vedere i Mavericks, e per giunta i biglietti erano due, quindi la sua mente già stava elaborando come fare per convincere Dorothy ad un invito.

«Grazie Mr.Hoffman», riuscì a dire solo quello. Poi si avvicinò e li prese, contemplandoli tra le mani come se non fossero veri. Mr.Hoffman col suo sorriso soddisfatto, imbiancato dalla dentatura finta, rimase a guardarlo fiero.

«Ho pensato che non ci vorrai andare da solo giusto?».

Dan eccitato rispose in tutta fretta.

«So già chi porterò con me!». E si infilò avidamente i biglietti in tasca, controllando con un gesto della mano che rimanessero al loro posto. Erano troppo preziosi.

«Bene figliolo, potrai divertirti con qualche bella fanciulla. Ma ora ascolta, dobbiamo fare due chiacchiere io e te!».

«Ma, io sono a lavoro, e Big John ....?».

«Lascia stare quel vecchio rimbambito, sali in macchina», da un momento all'altro le espressioni dell'uomo in cravatta cambiavano in maniera drastica. A quell'ordine categorico, Dan non rifiutò. Questa volta, senza neanche avvisare i colleghi, salì in auto e scomparì nel traffico.

Mr. Hoffman aveva bisogno di gente nuova ed un giovane in gamba e di poche parole come Dan poteva fargli comodo. Era anche un bravo meccanico e pilota di auto, quindi poteva sfruttare le sue doti per mandarlo a fare qualche commissione giù in California. Visto che il ragazzo era incensurato e aveva anche una faccia d'angelo che non destava sospetti. Lo aveva preso di mira per portarlo con sé nei suoi loschi affari, anche perché aveva un vecchio rancore nei confronti del padre di Dan, giù nel Vietnam nessuno sapeva bene come fossero andati realmente i fatti.

Lo stava circuendo pian piano, con accattivanti regali. Voleva affascinarlo con i suoi metodi e portarlo dall'altra sponda, dove si vive quel mondo oscuro, quello della malavita. Dan era frastornato dagli episodi che gli stavano capitando negli ultimi giorni, ma una parte di sé si lasciava trasportare incondizionatamente dal profumo del potere.

Intanto le due guardie del corpo erano sempre attente a tutto ciò che succedeva nel traffico. Uno guidava e l'altro scrutava i passanti in maniera guardinga.

«Allora Dan, hai fatto buona custodia della scatola che ti ho consegnato?».

A quella domanda si sentì raggelare il sangue nelle vene. Come mai quel quesito ambiguo?

«Ehm....si!». Esclamò, ma la sua risposta fu tutt'altro che convincente.

«Sei sicuro? Vedi ragazzo, voglio che impari una cosa, a Mr. Hoffman non devi mai dire bugie!».

Non sapeva se raccontargli della serata trascorsa sotto la pioggia oppure era meglio tacere, visto che Mr. Hoffman lo aveva forse già saputo.

L'uomo gli posò una mano sulla spalla e gli strinse energicamente il collo ribadendo il concetto.

«Non dirmi mai bugie Dan, chiaro?».

Il ragazzo, cercando di divincolarsi da quella presa, annuì sommessamente sperando di non ricevere un ceffone o chissà cos'altro. Ma Mr. Hoffman mollò l'appiglio e si mise a ridere fragorosamente, divertito da quello sguardo impaurito. Dan non poté fare a meno di osservare da vicino quella cicatrice che lo caratterizzava. Un taglio che partiva dalla parte bassa della guancia e proseguiva verso la gola, andando a finire dentro il collo della camicia, che anche oggi era di colore bianco.

«Devi essere forte figliolo. Sei forte tu?». Dan non sapendo cosa dire, rispose in modo maldestro.

«Si!». Ma l'uomo continuò a ridere e questa volta volle coinvolgere anche i suoi scagnozzi.

«Avete sentito? Lui è forte!». E tutti e tre si lasciarono andare in commenti e risate sarcastiche.

Dan, schernito e confuso non si permise di aprir più bocca e si raggomitolò contro il finestrino con lo sguardo perso tra le auto in transito.

«Sarai forte solo quando lo decido io. Tieniti pronto ragazzo, a breve verrai messo alla prova!».

«E quando? Ma...dove vi trovo?». Riferì Dan, ormai sempre più terrorizzato da quella situazione.

«Non preoccuparti, saremo noi a trovare te». Così Mr. Hoffman terminò la conversazione e ordinò all'autista di svoltare verso l'officina per riportare il giovane al suo squallido lavoro quotidiano.

Il rapimento

Portland, Oregon anni '70.

Dopo quegli avvertimenti minatori, Dan non si sentiva più al sicuro. I sensi di colpa iniziavano a far breccia nel suo animo. Ripensandoci bene si pentì amaramente di essere capitato in quella situazione. Ma non poteva farci più nulla, ormai ne era intrappolato.

La sera stessa, finito il lavoro, scappò via a casa per darsi una ripulita e poi di corsa a cercare Dorothy. Coi biglietti conservati con cura nella tasca interna del giubbotto di pelle nera, uscì di casa correndo e continuò a perdifiato fino ad arrivare al ristorante di Zio Ennio.

Solo quando giunse davanti l'ingresso, con la luce dell'insegna che rifletteva sui suoi passi, rallentò la frenetica corsa e si poggiò al muro per calmare il suo impeto. Si ricompose velocemente e fece ingresso nel locale, che a quell'ora risultava ancora vuoto. I clienti sarebbero arrivati più tardi per la cena.

Con un filo di voce salutò i camerieri, il suo atteggiamento sicuro e spavaldo dell'altro giorno in compagnia di Mr. Hoffman, lasciava spazio ad un fare tenue. Persino i suoi passi non facevano rumore per non recare disturbo. Zio Ennio se ne stava dietro il bancone del bar come sempre. Quando lo vide provò un senso di rammarico e gli si avvicinò col massimo rispetto.

«Scusate, c'è vostra figlia?».

In tutta quella corsa disperata aveva desiderato fortemente di trovarla lì, ma il vecchio rispose secco e categorico.

«No, Dorothy non c'è. Cosa vuoi da lei?».

Dan rimase sbigottito e non fiatò. Poi tirò fuori i due biglietti e li poggiò sul banco.

«Vi prego di farglieli avere, sono due biglietti per la partita di mercoledì sera».

Zio Ennio lo guardò da capo a piedi e non si smosse dalle sue faccende, poi con un cenno del capo lo invitò ad uscire. Il ragazzo abbassò la testa e si congedò. Prima di varcare la soglia però, si girò nuovamente e con la voce spezzata dall'emozione fece un ultimo tentativo.

«La aspetto davanti allo stadio. Qualunque cosa accada!». Ed uscì con gli occhi umidi.

Tornò a casa con il magone, guardandosi intorno come un animale braccato. Non aveva ben chiara quale fosse la "prova" che avrebbe dovuto superare, ma stava iniziando a ricredersi tristemente di aver conosciuto quelle persone. Non era ancora ufficialmente un criminale, tutto si sarebbe deciso di lì a breve. Andò a letto, ma quella notte non chiuse occhio.

Il mattino seguente il signor Twice si svegliò prima dell'alba per il suo turno che cominciava alle ore sei, mentre Dan lasciò il letto insonne qualche minuto dopo per fare una veloce colazione con una tazza di latte e uno sguardo allucinato.

Si infilò la tuta da lavoro, che teneva sulla finestra per non far entrare la puzza di grasso in casa, e si preparò per uscire. Prima di farlo però, gli venne da compiere un gesto spontaneo, che non faceva più da tempo ormai. Si avvicinò alla stanza da letto dei genitori e vide la madre che sonnecchiava ancora, abbozzò un colpo di tosse per farsi notare e poi le parlò con voce garbata.

«Ciao mà, io vado a lavoro!».

La donna si alzò di scatto e si mise seduta sul letto, pensando fosse stato un bellissimo sogno. Il suo Dan che le aveva lasciato un saluto così all'improvviso, dopo tanto tempo che non lo faceva più. Dopo che nell'ultimo periodo si era rivelato completamente assente. Ma quando la donna si stropicciò gli occhi per cercarlo, non lo trovò. Era già uscito.

L'alba colorava la città in maniera quasi fiabesca, l'arancio del cielo misto al giallo dei raggi solari, dava un riflesso notevole sulla città di Portland.

S'incamminò alla volta dell'officina. Mani nelle tasche

della tuta e occhi bassi. I pensieri erano talmente ingarbugliati che dopo alcuni metri li tralasciò completamente, si concentrò solo sui suoi passi, senza pensare più a nulla. Fino a che, inesorabilmente, quell'auto scura giunse alle sue spalle. Cercò di non voltarsi e di proseguire per la sua strada, ma sapeva già che era arrivato il momento della resa dei conti.

In macchina c'erano solo le due guardie del corpo, quel giorno Mr. Hoffman non era presente. Uno dei due era seduto sui sedili posteriori. L'auto rallentò e cominciò a marciare a passo d'uomo di fianco a Dan. Il ragazzo continuava a camminare per avere un ultimo briciolo di speranza, ma la portiera si aprì di scatto e subito fu invitato a salire. Una volta dentro, l'autista partì spedito, mentre l'altro forzuto cinse energicamente con un braccio il collo del ragazzo. I suoi bicipiti avevano una circonferenza che poteva essere pari a quella di una coscia di Dan.

Il giovane non oppose resistenza e quello lo tirò verso di sé infilandogli un cappuccio sulla testa. Strinse la corda che vi era all'estremità bassa, così da bloccare quel copricapo alla base e scurire la vista del malcapitato. Poi gli afferrò le mani e gliele portò dietro la schiena, bloccando tra loro i polsi con un nastro adesivo da imballaggio, uno dei più resistenti in commercio.

«Ti conviene non parlare, risparmia il fiato, altrimenti non ci arrivi a destinazione!». Disse l'uomo mentre se la rideva col suo compare. In effetti l'ossigeno scarseggiava dentro quella sacca di tessuto cucita per l'occasione. Per cui Dan cercò di concentrarsi e non perdere la calma. Era infermo e in balìa di quelle persone.

L'intento era di non fargli conoscere la strada ed il luogo dove lo avrebbero portato, e dove sicuramente li stava aspettando il loro capo. Dopo alcuni interminabili minuti, l'auto arrestò la sua corsa e gli sportelli si aprirono. Dan completamente al buio si sentì prendere l'avambraccio e strattonare verso l'esterno. Il sole era ormai sorto ed il suo calore si percepiva sin dalle prime ore del mattino. Entrarono in un casolare e poi scesero delle scale. Dan sempre sorretto da uno dei due uomini, cercava di non inciampare con i suoi movimenti impacciati. Finalmente giunsero nel seminterrato, doveva essere uno scantinato, si avvertiva l'odore di muffa. La temperatura lì sotto era molto più bassa di quella esterna. Lo fecero sedere su una sedia, lasciandolo con le mani legate dietro la schiena e il cappuccio a coprirgli il volto. Prima di andare via però, gli tolsero la tuta di dosso, aprendo la cerniera che aveva sul davanti. Per via delle mani legate non poterono proseguire nel loro intento, così pensarono bene di tagliare le parti di indumento incastrate con un coltello, lasciandolo seminudo. Fecero ancora qualche giro di nastro adesivo alle caviglie per fissarle alla sedia, e poi decisero di lasciare quel posto.

Udì i due andar via chiudendo la porta in cima alle

scale con alcune mandate della serratura. Il buio ed il silenzio calarono sopra di lui. Rimaneva soltanto il picchiare di una goccia, che cadeva a terra a tempo ritmato. Doveva esserci qualche condotta di acqua sul soffitto dello scantinato, e magari dei tubi a vista che avevano delle perdite. Il pavimento era gelido, con pozzanghere sparse lungo tutto il perimetro. Solo, infreddolito e mezzo nudo, lo avevano lasciato con gli slip e una maglietta bianca a maniche corte. Mentre i suoi piedi erano ricoperti dai calzini, che però non contrastavano quel cemento freddo. L'ambiente era pregno di umidità, la si poteva avvertire sulla pelle. Dei piccoli rumori provenivano da dietro le sue spalle, in lontananza. Sembrava lo squittire di ratti che si muovevano veloci.

Il suo stato d'animo era in preda al panico. Pensava a Big John e ai suoi colleghi di lavoro che non lo avrebbero visto arrivare quella mattina. Pensò all'ultimo saluto a sua madre e a quello mancato a suo padre. E poi c'era Dorothy e l'invito alla partita, chissà se Zio Ennio le aveva consegnato i biglietti oppure li aveva cestinati all'istante. Mille domande frullavano nella sua testa, la sua agitazione saliva sempre più in circolo nelle vene. Le tenebre, il silenzio, il freddo dell'ambiente, il suono della goccia che cadeva senza sosta e il rumore dei topi, lo portarono in uno stato quasi di trance.

La grande prova

Portland, Oregon anni '70.

I suoi piedi umidi a contatto con il pavimento si erano ormai intorpiditi, il formicolio era salito fino alle gambe. Perdurava in quello stato di dormiveglia ormai da molte ore. Abbandonato in quello scantinato con un cappuccio a coprirgli il viso, mezzo nudo, senza cibo né acqua, a stento riusciva a mettere insieme i pensieri. Era quella la prova di cui parlavano? Il superamento della quale poteva farlo diventare ufficialmente un affiliato?

In quegli ambienti bisognava diventare fedeli all'organizzazione e non parlarne mai con nessuno, neanche con un fratello. Era una scelta decisiva da prendere, in quanto si andavano ad accantonare tutti gli affetti personali per seguire una nuova famiglia in ogni situazione, a costo della vita. Dan in preda ad un intontimento devastante cercava a fatica di rifletterci e ormai, arrivato a questo punto cruciale , doveva fare la sua scelta. Ma l'iniziazione vera e propria non era ancora cominciata, si aspettava di lì a breve che qualcuno di loro arrivasse a fargli visita.

Non si accorse di quanto tempo fosse realmente passato, ma sicuramente dall'alba era giunto il tramonto in quella giornata nefasta. Il picchiettare delle gocce, che dai tubi del soffitto cadevano nella pozzanghera, venne spezzato dal rumore del chiavistello. Quando Dan udì la porta cigolare in cima alle scale, cercò di mettersi eretto sulla sedia con dei movimenti confusi. I suoi battiti cardiaci cominciarono ad andare fuori controllo. Il respiro affannato sotto il cappuccio non faceva altro che contribuire alla mancanza di ossigeno.

Sentì dei passi avvicinarsi, nessuno di loro parlava, ma dal suono dei tacchi riconobbe anche la presenza di Mr.Hoffman. Il suo profumo di dopobarba scadente lo aveva sempre disgustato. Sicuramente si sedette di fronte a Dan, ma rimanendo in silenzio, mentre i due bruti si posizionarono ai lati del prigioniero. Uno di quelli cominciò a far domande. Dalla voce doveva essere l'autista. Chiedeva cose del tipo:

«Per chi lavori? Chi è il tuo capo?», e quesiti simili. Dan frastornato riuscì a captare a che gioco stavano giocando.

Stavano praticamente simulando un interrogatorio, nell'eventualità che il ragazzo finisse catturato dalla polizia. Dopo un attimo di titubanza rispose.

«Per nessuno!».

Un colpo nella pancia arrivò dritto come un treno, uno dei due gli sferrò un pugno così forte da fargli arrivare un crampo allo stomaco. Senza che il ragazzo potesse riprendere fiato, ripeterono le stesse domande in tono sempre più alto e minaccioso. E Dan continuava a negare e a non mollare. Altri schiaffi e pugni arrivarono. Fino a che, il giovane stremato, non si accasciò sulla sedia, sorretto solo dai polsi legati dietro la spalliera.

A quel punto la voce di Mr. Hoffman si rivelò nel buio e domandò col suo classico accento pacato.

«La mia Colt ha sparato un colpo l'altra sera Dan?».

Il ragazzo dapprima non rispose, perché in preda ad un principio di svenimento. Così uno dei due lo strattonò per farlo rinvenire e Mr. Hoffman gli ripropose la domanda. Dan cercò di ricomporre i pezzi nella sua mente, era una domanda alla quale non poteva mentire. Rimembrò le parole di quell'uomo il giorno prima: "Non dirmi mai bugie Dan, chiaro?". Per cui con un filo di voce, raccogliendo tutte le forze rimaste, rispose sincero.

«Si, Mr. Hoffman, un colpo sì!».

«Bravo figliolo, vedo che stai iniziando a capire come funziona. Solo a me devi dire la verità! Ci sei quasi, un ultimo sforzo e sarai forte come volevi !».

Dan ritornò a penzolarsi su quella sedia ormai distrutto, quando ad un tratto sentì quei due armeggiare con qualcosa, non capì da subito di cosa si trattasse. Doveva essere un oggetto pesante perché lo spostarono con fatica e, poggiandolo a terra nelle sue vicinanze, si sentì un tonfo sordo. Quando udì delle scosse e vide dei riflessi di scintille da sotto al cappuccio, realizzò.

Avevano a disposizione una batteria di auto. Anzi, per le sue dimensioni generose ed il rumore della sua mole, doveva essere appartenuta ad un camion. I cavi che partivano dal polo positivo e da quello negativo venivano sorretti da uno degli uomini di Mr. Hoffman, che li faceva cozzare tra loro emettendo vistose fiammate, mentre l'altro sollevava la maglietta di Dan lasciandogli scoperti il ventre ed il petto.

Il ragazzo cominciò a tremare vistosamente, quella gente era completamente fuori di senno. Quello che stava per accadere poteva avere delle conseguenze tragiche. Con una scossa del genere poteva trovare la morte.

Non fece in tempo a costruire questa sequenza di riflessioni che inesorabile la scossa arrivò. Con i due cavi poggiati sulla sua pelle, la scarica gli percorse tutto il corpo, facendolo irrigidire dalla punta dei piedi fino alla cima dei capelli.

Un boato lo devastò, la sua temperatura interna aumentò vertiginosamente come fosse esposto al sole in una giornata di mare. Sentiva le orecchie fischiare come sirene, sotto il cappuccio il buio era sparito. Un lampo di luce sopravvenne. Un bagliore infinito lo accecò.

"Dan entrò nella luce!"

Capitolo V

Anello di congiunzione

Portland, Oregon ai giorni nostri.

Un bagliore accecante di luce bianca gli illuminò la mente. Più chiudeva gli occhi e più vedeva la luce. Il suo stato stava sprofondando via via nel delirio più totale. Il suo cane Buck quel pomeriggio continuava ad abbaiare giù nel garage, imperterrito si agitava e graffiava la porta con le unghie. La lunga catena che lo teneva legato alla sua cuccia emetteva suoni metallici, trasportata con trepidazione a destra e a manca, per la violenza con cui veniva strattonata emetteva delle vistose scintille a contatto col suolo.

La sua consorte e sua suocera, la signora Halved della potente famiglia degli avvocati Halved, stranamente non erano in casa. Dan in preda ad uno stato confusionale scese giù in strada.

Solo ed incerto s'incamminò per le vie della città. Una Portland diversa dal solito, deserta. Non un auto o un passante, sembrava la cittadina di un tempo. Dan si sentì perso tra quei vicoli che apparivano come facenti parte di un labirinto senza uscita. I suoi piedi gelidi gli provocavano un senso di indolenza che gli risaliva le gambe fino alla schiena bassa. Movimenti impacciati, braccia inermi come fossero legate.

Nella sua mente si susseguivano flashback che martellavano il suo spirito offuscato. Cercò di delineare un senso logico a tutta quella marea di dati che lo perseguitava, ma non ci riuscì. Si ritrovò a vagare nei pressi del fiume Willamette. Il vecchio ponte in ferro si avvicinava ai suoi passi claudicanti. Sotto la riva c'era un gruppetto di ragazzini che giocava sulla sabbia melmosa. Cercò di avvicinarsi e riconobbe due di loro che, con i piedi nell'acqua, armeggiavano con le fionde in mano. Assomigliavano ai suoi compagni d'infanzia. Percorse alcuni metri per osservare meglio la scena e notò che arrampicato su un ramo di ciliegio c'era un altro ragazzino. Quel ramo sembrava quasi spezzarsi sotto il suo peso. Incuriosito da quell'immagine arrivò fin sotto i piedi dell'albero e alzò lo sguardo. Il giovane che si sorreggeva con le gambe incrociate al ramo si avvide di lui e lo guardò dall'alto.

"Era un Dan bambino!", che impartiva ordini ai sui compagni di sotto sull'arrivo di qualche rana da cacciare.

Nel guardare quella scena paradossale, l'uomo di sotto rimase sempre più sconcertato.

Era impossibile che quel bimbo lassù fosse lui. Scappò via, fuggì da quell'incubo e si ritrovò nuovamente in strada senza meta. Senza compagnia, solitario, immerso nella sua mente distorta.

Non riusciva a capire cosa gli stava realmente accadendo intorno, ma sentiva dentro di sè che i suoi mostri stavano prevalendo, non riusciva a dominarli come gli aveva consigliato la sua psicanalista.

"Sì...! La dottoressa Norma", è da lei che vuole andare. Deve cercarla assolutamente, vuole un appiglio con la realtà. Si dirige verso il palazzo dov'è ubicato lo studio, sulla 14th avenue, al numero 1500. Giunge davanti il portone d'ingresso. Non c'è nessuno, niente traffico, niente voci. E' quasi sera e tutto tace. Sembra di essere in un' altra epoca, in una Portland parallela a quella reale. Spera vivamente di trovarla ancora a lavoro, deve necessariamente parlare con lei. Entra nell'atrio e si dirige verso l'ascensore. Schiaccia il pulsante per il decimo piano. Lo specchio all'interno lo riflette come un giovane, nonostante la sua età avanzata da pensionato. Un giovane distrutto, con uno sguardo perso. Viso pallido, scarno, borse sotto agli occhi e fronte imperlata con goccioline di freddo sudore. Si asciuga il viso, e si accorge che la sua pelle è bollente, in uno stato quasi febbrile.

Arriva finalmente al piano di destinazione e si ferma di fronte alla porta d'ingresso dello studio. Riprende fiato e cerca di calmare il suo impeto.

Se la dottoressa Norma lo vedesse in quelle condizioni chissà cosa penserebbe di lui. Suona il campanello e attende qualche secondo. La porta si apre e si presenta davanti a lui un uomo, di statura media, robusto e senza collo. Dan fa un passo indietro credendo di aver sbagliato porta, oppure che quello fosse l'altro medico dello studio condiviso. Poi guarda di nuovo quell'individuo, che non aveva mai visto prima. Da quell'appartamento giungono altre voci e un profumo di minestra.

«Prego, desidera?», gli chiede l'uomo.

Dan non realizza, non riesce a spiegare tutto quello che gli sta capitando e con un filo di voce risponde a quella domanda.

«Scusi, cerco la dottoressa!», con il cuore in gola.

«Quale dottoressa?». Esclama quello alla porta, abbastanza sorpreso.

«La dottoressa Norma, la mia psicanalista!».

Chiede ancora Dan, con l'angoscia che gli sale sempre di più fino a farlo tremare.

Quell'uomo continua a non capire la domanda e, vedendo lo straniero alla porta con l'aspetto trasandato, lo invita ad accomodarsi.

«Qui non c'è nessuna dottoressa Norma, ma si sente bene? Vuole un bicchiere d'acqua, la vedo troppo agitato. Cerchi di calmarsi» e lo fece entrare in casa.

Eppure le mura della sala d'aspetto erano le stesse, persino il grande quadro con l'immagine dei cavalli meccanici era appeso nella medesima posizione, solo che la stanza era arredata con mobili di sala da pranzo, con un grande tavolo al centro e le sedie tutte intorno.

Destabilizzato da quell'immagine stava quasi per perdere i sensi. Intanto il padrone di casa si presentò.

«Prego si accomodi pure sul divano, io sono il signor Sniper e questa è la mia famiglia».

Dentro quella casa ci viveva la famiglia Sniper composta da moglie, marito, due bambine e il nonno che se ne stava seduto in disparte su una poltrona. Il vecchio di casa, ricurvo sorreggeva il bastone, mentre guardava la televisione con una coperta di lana poggiata sulle gambe.

Accomodatosi sul divano cercò di calmare il suo stato di disordine e proferì con garbo.

«Scusatemi tanto, io non volevo piombare così all'improvviso in casa vostra».

«Ma non si preoccupi, prego beva questo bicchiere d'acqua fresca, vedrà che ora si riprende». Il signor Sniper gentilmente gli diede il bicchiere e lo invitò a bere. La tavola era già apparecchiata, la famiglia era quasi pronta per la cena. Mentre gustava quell'acqua fresca, che lo stava quasi per calmare, notò al centro del tavolo una scatoletta di metallo zincato con lo sportellino aperto e all'interno una siringa di grosse dimensioni. Sembrava uno di quei kit per fare le iniezioni ai cavalli. L'ago era spesso e incuteva timore. Tutti i presenti osservavano in modo strano quell'ospite ambiguo.

Dan si guardò intorno sempre più angosciato e vide il nonno che, rivolto verso di lui, gli disse con voce roca:

«E' arrivata la tua ora ragazzo!». Dopodichè si lasciò andare in una grassa risata contagiosa. Tutti i componenti della famiglia si misero a ridere divertiti. Dan deglutì il sorso e sgranò gli occhi pensando di non aver bene inteso le parole di quel vecchio. Si alzò di scatto, voleva scappare via. Tutta quella storia non aveva alcun senso. Le due bambine cominciarono a girargli intorno come in un girotondo, tenendosi per mano l'un l'altra e cantando all'unisono in un coro tetro.

«E' arrivata la sua ora, è arrivata la sua ora....!!!». Quella cantilena intorno alle sue gambe lo sconvolse in maniera definitiva, lasciò cadere il bicchiere che si ruppe a terra e scappò via da quella casa di matti.

Desiderio di confessione

Portland, Oregon ai giorni nostri.

Ogni volta che si ritrovava in quella sala d'aspetto , il povero Dan Twice non poteva fare a meno di calarsi inconsapevolmente in uno strano stato di agitazione, eppure erano ormai già otto le sedute avute in quello studio nel centro della città. Ogni volta non ricordava il motivo per cui era lì seduto ad attendere chissà chi. Quando la dottoressa si affacciava sull'uscio per invitarlo ad entrare, la signora Twice doveva spronarlo ed indirizzarlo verso l'ingresso dello studio.

Tutte le volte che si sdraiava su quel lettino, chiedeva alla dottoressa Norma lei chi fosse, e per quale motivo doveva stendersi su una branda per essere interrogato.

La giovane psicanalista, con tutta la pazienza di questo mondo, cercava di rincuorarlo e metterlo a proprio agio, sempre come se fosse la prima volta. Nelle precedenti sedute ebbe modo di diagnosticare il suo problema, era affetto dalla sindrome di Korsakoff. Una sorta di reiterazione dei tempi e delle visioni che si ripercuotono nella mente dell'individuo che ne soffre. Il paziente tende a ricordare maggiormente gli eventi passati piuttosto che quelli recenti. Il vuoto di memoria spesso viene bonificato da ricordi fasulli, frutto di fantasie distorte. La dottoressa grazie all'ipnosi era riuscita a scavare nel profondo della sua mente e aveva delineato un profilo, che meticolosamente si era appuntata sul suo inseparabile taccuino. La sera, quando esausta terminava il lavoro e tornava a casa, era solita ripensare ai casi che stava trattando in quel determinato periodo. Ma questo di Dan Twice si rivelava davvero complicato. Rileggendo i suoi appunti si rendeva conto che quello era un vero e proprio rompicapo. Eppure c'era qualcosa che non la convinceva del tutto. C'era qualche pezzo mancante per ricomporre l'ingarbugliato puzzle.

Era giunto il momento di far quadrare quegli algoritmi che si celavano nella mente del suo paziente. E voleva farlo ora. Andò a prendere il suo metronomo e lo azionò come sempre, poggiandolo sul tavolino con le rotelle, così poteva spostarlo a suo piacimento. Lo avvicinò alla nuca di Dan che rimaneva immobile sul lettino in posizione supina.

Questa volta i battiti per minuto del marchingegno furono settati ad un ritmo molto più alto. Dal ticchettio grave dei quaranta battiti per minuto iniziali, era arrivata man mano ad aumentare le battute fino a quello di oggi che doveva essere il viaggio definitivo, con l'ausilio di ottanta battiti per minuto. Il suo intento era quello di scuotere l'inconscio dell'uomo in maniera vivace, una volta entrata nei meandri della sua mente, voleva muoversi al loro interno in modo repentino per poter cogliere la maggior parte di informazioni possibili e riportarle all'esterno.

«Rilassati Dan, chiudi gli occhi e concentrati sul tuo respiro, oggi andremo in ipnosi con un ritmo più elevato, per cui cerca di concentrarti sul respiro e non affannarti. La mia mano è sempre nella tua, sono qui con te, non temere!».

Prima di scendere negli abissi ipnotici Dan con la coda dell'occhio notò quella donna a pochi centimetri da lui con le cosce accavallate, sempre in bella mostra per via del suo camice semiaperto, ma quest'oggi nella zona intorno al collo del piede non portava nessun tatuaggio. Nessun rettile raffigurato che serpeggiava sul dorso della sua estremità. Dan spaesato pensò in un primo momento di aver sbagliato piede ma, osservando anche l'altro, la visione fu la stessa, nessun tatuaggio da nessuna parte.

Il conto alla rovescia iniziò, per dare il via al nuovo viaggio, Dan precipitò in uno stato di controllata catalessi mentre lei, seduta sullo sgabello mobile di pelle nera, rimaneva sempre lì vicino per fargli sentire la sua presenza rassicurante. Quel giorno la sua folta chioma di capelli castano scuro era raccolta in una treccia che le cadeva sulla spalla destra, andando a terminare sui seni. I suoi occhi verdi avevano un riflesso che produceva un luccichio all'interno della stanza. Dalla finestra filtrava un flebile raggio di sole che le si infrangeva sugli occhiali di forma tonda con montatura color mogano. Quelle lenti le cadevano sul naso leggermente ingombranti, ma contribuivano a darle quell'aria di professionalità che teneva lontani i clienti più sfacciati.

Dan a differenza degli altri, era un paziente taciturno ed introverso. Non parlava mai a caso, e non si sarebbe mai permesso di fare battute piccanti e fuori luogo per nessuna ragione. Anche lui aveva gli occhi verdi, ma di una tonalità più marcata. E, con le brutte giornate, l'iride diventava quasi ambrato. Gli occhi dell'uomo riuscivano ad adattarsi a seconda della luce proposta all'esterno, come la pelle di un camaleonte che muta e si mimetizza con l'ambiente circostante. In quel frangente però, i suoi occhi erano serrati e stavano entrando nel mondo sommerso della sua anima in subbuglio. Il profumo che la pelle di quella donna emanava lo inebriava e per certi versi aiutava a rilassarlo, accompagnandolo nella sua difficile traversata.

«Ora Dan, con tutta calma, voglio sapere da te un po' di cose, prima di tutto dovrai spiegarmi cosa hai fatto quella notte di pioggia, quando al ritorno ti sei presentato davanti l'uscio di casa tutto infangato.

Quell'episodio ha indotto la tua famiglia a cercare uno psicoterapeuta, per cui ora che siamo qui, libera la tua mente e raccontami tutto». La dottoressa sapeva che quello era il momento giusto per potergli estorcere le ultime indicazioni preziose. In quella nottata amnèsica di pioggia battente era serbato tutto il segreto, la chiave di volta per accedere al mistero.

L'uomo ad occhi chiusi e con tono basso cominciò con il suo racconto.

«Ho fatto un incubo, sempre lo stesso. Lei urlava avvolta dalla sua veste bianca, invocava il mio nome. Mi sono alzato di scatto dal divano e sono sceso giù in strada. Portavo già i vestiti in dosso dalla sera prima. Sono andato al fiume. Nei pressi del ponte, che noi da piccoli chiamavamo "Il Mostro". Lì sotto, tra la melma, avevo notato qualcosa il giorno prima».

La bocca della dottoressa si schiuse in un accenno di sorriso, i suoi sforzi stavano dandole ragione. Finalmente iniziava a delinearsi un filo logico in quella misteriosa vicenda.

«Non fermarti, continua. Sei al fiume. Sta piovendo a dirotto. E' notte fonda. Ora cosa succede, cosa vedi?». Lo incitò chiaramente eccitata.

«So che sotto al ponte, in quel putrido acquitrino, si nasconde qualcosa di brutto. Lo so perché il giorno prima con Buck ci siamo passati e lui ha cominciato ad abbaiare e a ringhiare in maniera violenta, non riuscivo più a reggerlo dal guinzaglio. Mi è scivolata la mano ed è scappato via».

«E quando ci sei tornato da solo il giorno dopo, cosa hai visto lì sotto?», proseguì la donna cautamente, con il timore che Dan potesse spaventarsi e terminare il suo stimato racconto.

«Sono andato fino dentro la fanghiglia, i corvi gracchiavano e svolazzavano tra le inferriate del ponte. Lì sotto ho intravisto nel buio una mano affiorare da sotto la sabbia!».

A quel punto la dottoressa ebbe un sussulto, con quelle dichiarazioni scioccanti la situazione diveniva abbastanza delicata. Stava già pensando di rivolgersi alla polizia appena finita la seduta.

«Cosa hai fatto dopo che hai visto tutto ciò?».

Dan non rispose, rimase in silenzio con il respiro ritmato al tempo del metronomo, dopodiché emise un impercettibile:

«Non ricordo!».

La seduta non poteva terminare così, doveva tenerlo in ipnosi ancora un po', non poteva farsi sfuggire quell'occasione unica. Era quasi giunta ad un punto emblematico della questione e voleva scavare ancora. Ma l'uomo era in condizioni non del tutto consone, stava sudando da tutti i pori. La mano da lei sorretta era umida e la fronte di Dan appariva tutta bagnata. Le gocce gli cadevano ai lati del viso andando a finire sul manto di carta messo a protezione del lettino. I capelli dell'uomo erano unti e stava cominciando a tremare notevolmente.

In preda a degli spasmi, cominciò a lamentarsi e a dimenare braccia e gambe.

«Calmati Dan, non agitarti, non è niente. Siamo qui io e te, non piove più. Ha smesso di piovere, ora sei al riparo, stai tranquillo».

Prontamente andò ad aprire del tutto le persiane della finestra per far entrare tutta la luce che quella giornata estiva offriva. Il calore dei raggi penetrò all'interno creando un tepore che si poteva avvertire sulla pelle. Anche la dottoressa iniziava ad accaldarsi, aveva un vistoso rossore in volto e i suoi occhiali, leggermente appannati, facevano fatica a reggersi da soli sul naso, perché l'umido del sudore li faceva scivolare sovente. Così, con un gesto del dito, cercava di rimetterli al loro posto. Pensò di ridurre il ritmo del metronomo meccanico, e di portarlo a sessanta battiti per minuto. Dan era molto suscettibile ai cambiamenti di tempo e con quelli accompagnava il suo stato d'animo. Inconsciamente il suo respiro e i suoi battiti cardiaci andarono via via stabilizzandosi con il nuovo battere più graduale. La donna prese un asciugamani e cercò di tamponare la fronte dell'uomo, così da farlo tranquillizzare anche con l'ausilio di carezze affettuose, come una madre col suo pargolo.

Non poteva mollare la presa su quella mente frastagliata proprio in quel momento cruciale. Cercò di spronarlo un' ultima volta.

«Ora sei al sicuro, al caldo e all'asciutto. Tu sai cosa significa quello che hai visto affiorare sotto il ponte vero?».

Dan a sorpresa rispose con voce ferma e decisa.

«Si, lo so!».

Con stupore la psicanalista sempre più euforica replicò.

«E dimmelo allora, rivelami i tuoi segreti una volta per tutte, abbiamo lavorato tanto per giungere fin qui!».

Dan inghiottì la saliva come a prepararsi per fare un discorso dinanzi ad un gremito pubblico, e poi cominciò col suo monologo lento e sorprendente.

«E' sepolta lì. L'hanno rapita e poi l'hanno uccisa!».

«Chi è sepolta in quel posto Dan, chi è che hanno rapito e poi ucciso?». Lesta lo incalzò.

«Dorothy.........!!!!!». Lo disse col cuore rigonfio di angoscia ed esplose in un pianto nevrastenico, in preda a concitate convulsioni.

La dottoressa a quel punto ebbe il serio timore che potesse succedere qualcosa di irreparabile al suo paziente. Erano andati troppo oltre quel giorno, così schioccò le dita e lo strattonò per il risveglio.

«Apri i tuoi occhi Dan!».

Il braccio della morte

Portland, Oregon primi anni '80.

«Svegliati Dan, apri gli occhi!».

Nel penitenziario di stato dell'Oregon, presso il braccio della morte, rinchiuso nella cella numero 204, il detenuto Dan Twice era precipitato in un sonno profondo ed il suo compagno di cella Danny Joe stava cercando in tutti i modi di farlo svegliare. Di lì a breve sarebbero passate le guardie per l'ispezione e, come sempre, volevano trovarli svegli e fuori dal letto.

Danny Joe era il più anziano dei due, in stato di detenzione ormai da tantissimi anni, era stato tratto in arresto che aveva ancora i capelli mori e crespi. Ora invece si ritrovava con la chioma di un bianco che contrastava di gran lunga il colore della sua pelle nera. Anche la sua barba aveva il colore del latte, con i suoi riccioli diradati su tutte le guance. Dan invece era rinchiuso in quel posto da sette anni soltanto e ultimamente stava passando davvero un brutto periodo, il suo stato depressivo peggiorava sempre di più. Con il passare dei giorni, che risultavano inevitabilmente tutti uguali, il giovane era entrato in uno stato di paranoia e non parlava quasi più con nessuno. Solo Danny Joe riusciva ad estorcergli qualche parola ogni tanto. L'anziano aveva preso in simpatia quel ragazzo taciturno che non dava fastidio mai a nessuno e se ne stava per i fatti suoi. Danny Joe nell'ultimo periodo gli ripeteva sempre:

«Tu hai bisogno di uno bravo ragazzo!». Inteso come un dottore o comunque qualcuno che si prendesse cura della sua precaria situazione mentale.

Il braccio della morte era diverso da tutti gli altri istituti. Qui il tempo aveva un valore effimero. Se i detenuti di un normale carcere auspicavano che il tempo passasse in fretta per raggiungere la libertà, in questo tipo di detenzione i carcerati speravano che il tempo si fermasse e che quel momento finale non giungesse mai.

Danny Joe era passato da vari istituti di pena e ormai aveva una certa esperienza in quel tipo di ambiente, mentre Dan era giunto direttamente in quel posto, dopo che lo avevano trovato in uno scantinato con le mani insanguinate mentre sorreggeva la testa di una ragazza rimasta brutalmente uccisa. Contro di lui c'erano tutte le prove possibili, ma il ragazzo si definiva innocente e lo aveva gridato a tutti fino allo sfinimento. Però nessuno gli aveva creduto, forse solo il suo compagno di cella credette veramente alla sua storia, ma a quel punto cosa importava. Ormai il percorso era segnato, da un momento all'altro poteva arrivare quella tragica chiamata che metteva fine a tutto.

I secondini si divertivano a far arrivare il prete in visita nelle celle, come segno premonitore che quello sarebbe stato il loro ultimo giorno di vita, ma era solo un gesto sadico che voleva incutere timore nell'animo dei condannati. Per Dan erano già otto le sedute avute con il cappellano del carcere, e ogni volta ne rimaneva spaesato e chiedeva all'uomo di chiesa lui chi fosse e per quale motivo si trovava in quel posto. Spesso il cappellano lo faceva stendere sul letto della sua cella per farlo confessare, gli praticava una sorta di interrogatorio sulla sua vita passata, dopodiché gli lasciava l'assoluzione.

Tra i secondini più austeri e spietati c'era uno di statura media, robusto e senza collo di nome Sniper. Era proprio dalla sua mente diabolica che partivano tutti quei giochi perversi. Lui e i suoi più stretti collaboratori si godevano lo spettacolo ogni qualvolta il prete, da loro chiamato, percorreva il corridoio e sceglieva la cella nella quale entrare. I detenuti all'interno ne rimanevano terrorizzati, ancor prima di sapere chi fosse tra loro lo sfortunato. Mentre l'allegra brigata di agenti in fondo al corridoio se la spassava ridendo chiassosamente, gustandosi beati le loro tazze di caffè caldo e ciambelle. A parte questi ignobili episodi, era inevitabile che prima o poi sarebbe toccato a tutti. Nello stato dell'Oregon vigeva la pena di morte per crimini come l'omicidio, per cui da un giorno all'altro l'arrivo di quel cappellano poteva essere letale.

La cella numero 204 era ormai personalizzata dal detenuto più anziano che, con il passare del tempo, aveva costruito una mensola e ci aveva poggiato tutte le sue cianfrusaglie. Il muro era tappezzato di foto della sua famiglia e di sua figlia da piccola, ritratta su un'altalena che giocava felice. L'aveva vista l'ultima volta quando aveva appena sei anni. Ora era diventata una maggiorenne, ma Danny Joe non aveva mai avuto il piacere di un colloquio, nessuno lo andava più a trovare.

Dan invece non fu mai abbandonato dai suoi cari, i genitori nel primo periodo andavano al colloquio entrambi, con il cuore spezzato e la testa china si alternavano a turno nelle visite. La mamma purtroppo nell'ultimo periodo si ammalò gravemente e non poté più andare a trovare il suo Dan. Quando suo padre gli diede la notizia della sua morte, il ragazzo ebbe il colpo di grazia e la sua mente cominciò a rifiutare qualsiasi stimolo esterno. La morte della madre lo fece cadere nell'abisso più oscuro. Il padre cercò di non mancare a nessun appuntamento, seppure la sua salute risultava precaria. L'arresto e la condanna del figlio aveva distrutto i coniugi Twice, sia psicologicamente che fisicamente. Tant'è che il signor Twice sembrava un vecchio, nonostante la sua età. Per deambulare, ultimamente, si aiutava addirittura con un bastone. Il colpo è stato duro per tutti. Il tragico epilogo di quella storia fu una vera sorpresa per tutto il quartiere.

Le voci che giravano all'epoca, di un ragazzo che stava prendendo una brutta piega, non c'entravano nulla con la parola omicidio. Mai nessuno avrebbe immaginato una fine del genere per il figlio del rispettabile signor Twice.

Eppure quel giorno, in quel maledetto scantinato, mentre si trovava incappucciato e mezzo nudo, Dan udì delle voci, delle urla strazianti provenire dalle mura attigue. Cercò di liberarsi una volta lasciato solo e quando ci riuscì cominciò a percorrere quei pavimenti umidi e pieni di chiazze d'acqua fetida alla ricerca di quella voce. Percorrendo quei sotterranei infiniti si imbatté nell'ultima stanza, quella da dove precedentemente provenivano i lamenti, e fu proprio lì che trovò il corpo della giovane senza vita.

Rimase paralizzato quando vide i suoi capelli rossi insanguinati dentro una pozza purpurea. Col cuore in gola le si avvicinò e l'abbraccio forte come avrebbe voluto sempre fare, la strinse a sè urlando il suo nome a squarciagola, con lo sguardo rivolto verso il cielo.

«Dorothyyyyyyy....!!!!!».

La loro cella era rivolta verso est, con una piccola finestra che faceva entrare le prime luci del mattino. Arrampicandosi sul letto a castello poteva scorgere da quel pertugio una piccola immagine dal mondo esterno. Tutte le mattine, sui fili del telefono distesi tra i due palazzi di fronte, si andava a posare un corvo che gracchiava e rompeva il silenzio e la monotonia di quelle giornate. Fra le foto appese al muro, appartenenti al suo compagno Danny Joe, vi era anche un calendario dove ogni giorno i due segnavano il passare del tempo con una croce. Il calendario era sponsorizzato da una ditta di cibo per cani la: "B.u.c.k & Co".

Riportava in copertina un'immagine in bella vista di un cagnone meticcio con il pelo color nocciola. Al chiodo che sorreggeva quel calendario, Dan ci aveva appeso anche un cappellino di colore rosso, con le iniziali della sua squadra del cuore, i "Portland Mavericks" che ormai non esistevano più, la società si era sciolta anni prima, dopo quell'ultima partita di campionato contro i Mariners.

Il giovane molte volte non usciva neanche per l'ora d'aria, nonostante Danny Joe cercava di convincerlo in tutti i modi.

«Devi fare delle belle passeggiate nel cortile durante l'ora d'aria. Anzi un' ora è poca! E la notte cerca di dormire dopo che spengono le luci!». Gli diceva per spronarlo.

Ma il ragazzo rimaneva in cella coi piedi nudi rannicchiato a terra. Si metteva con le spalle poggiate al muro di cemento freddo e la testa tra le ginocchia, assorto nei suoi pensieri. Solo i movimenti dei ragni sui muri lo distraevano.

La sua mente non accettava quell'incredibile avvenimento che gli stravolse la vita. Si martoriava l'animo maledicendo il giorno in cui conobbe quell'individuo spregevole, Mr.Hoffman. Non avrebbe dovuto seguirlo e rimanere abbindolato dai suoi regali, dal fascino del suo potere. Furono quegli uomini senza scrupoli gli artefici del rapimento di Dorothy, forse per dare una lezione a Zio Ennio che non voleva più pagare la loro protezione. In quel dannato scantinato qualcosa poi era andata storta, chissà se quei due energumeni si erano fatti riconoscere dalla ragazza, stupidi com'erano magari si erano dimenticati di coprirsi il volto e per questo motivo l'avevano uccisa. Oppure solo perché erano dei sadici e dei violenti e forse prima di ucciderla l'avevano persino violentata. Chi poteva dirlo, ormai l'unico a pagarne le conseguenze era il povero Dan. Tutti questi macabri pensieri albergavano nella mente del ragazzo e non gli davano pace, lo stavano uccidendo prima ancora che arrivasse la pena di morte. Quell'insieme di immagini sbiadite gli spaccavano il cervello, lo rendevano uno zombie, quasi in uno stato di ipnosi.

Il tribunale non fu affatto clemente con lui e i potenti avvocati dell'accusa fecero egregiamente la loro parte.

Erano i potentissimi fratelli Halved, dello studio

"Halved & Co", che avevano sede nella zona più elegante della città presso le "John Ross Tower". Furono loro ad incalzare un'accusa perfetta, mettendo insieme degli elementi che non lasciarono via di scampo all'imputato. L'ultimo giorno di udienza, quella definitiva, negli occhi di Dan rimase impressa solo un'immagine di donna. La dattilografa dell'aula, impegnata a redigere i verbali. Della sentenza definitiva non ci aveva capito nulla, la sua mente era già volata via.

La dattilografa aveva dei capelli lunghissimi di colore castano e li portava raccolti in una treccia, che le cadeva sul davanti della spalla destra fino a trovare riposo sui seni. Mentre batteva a macchina sembrava che suonasse un pianoforte, quando faceva delle pause per scrivere appunti sul suo inseparabile taccuino utilizzava la mano sinistra, era mancina. Mentre quando rifletteva su come proseguire, si portava la penna alle labbra carnose, poggiandovi il tappo in un veloce gesto. I suoi occhiali tondi con montatura color mogano rispecchiavano il chiarore del giorno. Il suo tailleur lasciava intravedere le cosce, avvolte da calze velate, accavallate sotto la scrivania.

Dettagli che gli erano rimasti scolpiti nella memoria, perché dissociato totalmente da ciò che il giudice sentenziava in quel tragico momento, ovvero:

«Per il potere conferitomi dallo stato dell'Oregon, oltre ogni ragionevole dubbio, io dichiaro colpevole per l' omicidio di Dorothy Wayne il qui presente Dan Twice e lo condanno alla pena di morte per iniezione letale.

La sua detenzione avverrà presso l'Oregon State Penitentiary fino al giorno dell'esecuzione».

Fece solo in tempo a voltarsi verso il primo banco della platea dove vide suo padre, uomo tutto d'un pezzo, che si lasciava andare alle lacrime singhiozzando come un bambino. E vide sua madre disperata, che si poggiava sulla spalla del marito per dare sfogo al suo immane sconforto.

I dodici giurati, dopo poche ore di consiglio, raggiunsero all'unanimità il verdetto di colpevolezza. Il corpo della ragazza fu ritrovato dalla polizia con in dosso solo la biancheria intima, per cui quest'ultimo particolare indusse i giurati a confermare anche l'aggravante di tentata violenza sessuale. Poi rimaneva la perquisizione presso l'abitazione dei Twice, dove ci fu il ritrovamento di una pistola semiautomatica Colt che andava a completare il quadro d'accusa in maniera schiacciante. Gli avvocati Halved avevano vinto ancora una volta, nello stato dell'Oregon non avevano rivali. Facevano parte di quella cerchia di potere che comprendeva anche i vari Mr. Hoffman.

L'avvocato d'ufficio della famiglia Twice invece, era stato messo a difesa dell'imputato in maniera del tutto casuale, solo per presenziare al processo.

La vita nel carcere all'inizio non fu semplice, dapprima era in cella da solo e non conosceva nessuno, ma poi fu accoppiato al vecchio Danny Joe e oltre a trovare un compagno di cella, trovò un amico, un confidente. Per via della sua età più avanzata e dell'esperienza avuta in carceri passati, Danny Joe aiutò il ragazzo a non farsi mai intimorire dagli altri detenuti. Come quella volta che durante il rancio, un detenuto di provenienza tunisina di nome Saimr, gli andò volutamente a sbattere contro e Dan rimase senza fiato e bloccato dalla paura. Bianco in volto chiese scusa a quell'individuo. Quando tornò in cella, Danny Joe gli fece una bella lavata di testa.

«Non farmi mai più sentire quella parola ragazzo, non devi chiedere scusa a nessuno qui. Se vuoi il rispetto devi guadagnartelo!».

Era quella la parola. "Rispetto!". Cosi, qualche giorno dopo, durante l'ora d'aria, si fece coraggio e andò da Saimr. Senza dire nulla lo prese a pugni con una tale rabbia che dovettero fermarlo gli agenti accorsi per l'accaduto, altrimenti lo avrebbe finito lì su quel piazzale. Il gesto gli costò qualche settimana di isolamento, ma lo aiutò a non avere più paura di nulla.

Il tempo faceva inesorabilmente il suo corso, trascorreva lento giorno dopo giorno, e la fine si avvicinava. La cosa che lo faceva impazzire era che non sapeva quando poteva accadere. Poteva essere domani o dopo mesi, o addirittura anni. Era questo che lo uccideva dentro.

Fino a quando, una mattina alla buon'ora, il cappellano arrivò taciturno. Quella volta anche gli agenti rimasero in silenzio e scuri in volto, non era più un gioco. Il momento era giunto. Dopo averlo confessato per l'ultima volta, venne prelevato da due agenti e portato lungo il corridoio del non ritorno. Era il percorso che nessuno dei detenuti faceva mai, perché per quello c'era un biglietto di sola andata.

In fondo a quel corridoio c'era la stanza maledetta, quella di cui nessuno parlava. Era vuota, tutta bianca, dai pavimenti alle mura. Un bianco accecante ed un lettino al centro. Fu una visione ovattata per Dan, un misto tra incubo e delirio. Lo posizionarono su quel letto bloccandolo con le cinte in cuoio sui polsi e sulle caviglie. Era proprio l'agente Sniper l'addetto all'inserimento del grosso ago in vena. Il tubicino che portava i veleni alla siringa invece, era collegato alla stanza adiacente, dove il boia provvedeva a mescolare i composti per fermare il circolo vitale del condannato.

Tutto taceva, tutti erano seriosi, gli agenti avevano una faccia spaurita, forse più di quella del giovane condannato.

Alle ore 11:25 in punto, il liquido raggiunse le sue vene mescolandosi al sangue, portandolo così alla morte.

Epilogo spazio tempo

Portland , Oregon anni '70.

L'agente Sniper fece entrare nella "stanza del non ritorno" il medico del penitenziario, che constatò il decesso controllando il polso del condannato, e con un velo di tristezza per la sua giovane età enunciò:

«Non è più tra noi».

Poi entrò anche il cappellano, in un silenzio tombale pregò per l' anima di quel ragazzo che si distaccava dal corpo e cominciava il viaggio verso l'aldilà. Si poteva notare come quel viso arcigno di prete attempato, mentre recitava a bassa voce l'estrema unzione, veniva solcato da una cicatrice abbastanza marcata, che dal mento scendeva giù fino ad incunearsi all'interno del collarino ecclesiastico bianco posto al collo della camicia.

«Sei tra noi Dan? Che fai, sei con noi o contro di noi allora?».

Il volto arcigno di Mr. Hoffmann, a pochi centimetri da quello di Dan, emetteva un'espressione divertita con il suo sorriso senza imperfezioni e i denti bianchi. La cicatrice seguiva i lineamenti delle sue espressioni. Con un cenno della mano decise di far sospendere la tortura, ordinò ad uno dei suoi scagnozzi di scollegare i cavi dalla batteria rimanendo a guardare fisso quel ragazzo in volto che sembrava più morto che vivo. Quando gli staccarono i cavi, si lasciò andare sulla seggiola sfinito, con la bava alla bocca. Le due guardie del corpo di Mr. Hoffman lo presero per le braccia e tentarono con difficoltà di riportarlo in posizione eretta su quella sedia. Ma, quando lo mollavano, Dan scivolava nuovamente.

A suon di ceffoni cercarono di farlo riprendere dallo shock delle scosse elettriche ricevute. Avendogli tolto il cappuccio in precedenza, Dan iniziò ad aprire gli occhi leggermente e dinanzi a lui si stagliò la figura di quell'uomo elegante, con profumo di colonia scadente. Al primo impatto dovette ricomporre i suoi pensieri per capire dove si trovava, poi guardandosi intorno realizzò che era ancora in quel dannato scantinato e che il lasso di tempo passato dalla prima scossa fu indefinibile, ma sicuramente di breve durata. In quei secondi interminabili di luce accecante la sua mente arrivò a costruire un futuro distopico, parallelo al mondo reale.

Andò avanti in maniera confusa e onirica per poi tornare in un lampo al presente.

Se dapprima era rimasto affascinato da quel mondo malavitoso, adesso, dopo tutto ciò che aveva visto nelle sue allucinazioni, era giunto alla decisione finale.

Mr.Hoffman ripeté la domanda, voleva sapere una volta per tutte se quel ragazzo era pronto ad affrontare la sua nuova vita da affiliato dell'organizzazione oppure no.

«Bene figliolo, adesso sei forte come volevi tu. Hai superato la prova, per cui ti ripeto la domanda per l'ultima volta. Cosa scegli di fare, vieni con noi oppure no?».

Quelle scosse elettriche lo avevano fortificato nell'animo, gli avevano fatto apprezzare la vita e i valori che essa contiene. Per cui con tutto il fiato che aveva in corpo e raccogliendo le sue ultime forze urlò a gran voce:

«Noooooo!!!!!».

I tre sbigottiti si guardarono tra loro, nessuno si aspettava un diniego simile dopo essere arrivato a subire sulla propria pelle quel tipo di iniziazione. Per cui i due energumeni lasciarono la presa sulle sue braccia. Mr. Hoffman di fronte a lui si alzò di scatto e si abbottonò la giacca a doppio petto, guardandolo per l'ultima volta con un senso di delusione. Dopodiché girò i tacchi e s'incamminò verso la scalinata che portava alla porta d'uscita. I suoi due collaboratori, non sapendo come agire, rimasero impacciati e interdetti.

Uno dei due chiese al suo capo in maniera preoccupata.

«Mr. Hoffman con lui che ci facciamo?».

«Lasciatelo andare». Rispose il boss.

«Ma come? E se andasse a spifferare tutto alla polizia?». In questi casi solitamente l'ordine era di far sparire il prigioniero. E per sparire s'intendeva ucciderlo e non far trovare più il corpo da nessuno. Ma quella volta non fu così, Mr. Hoffman ordinò diversamente.

«Non ci andrà, da domani lascerà la città», fece le scale velocemente in maniera quasi atletica e sparì dalla porta che si trovava in cima.

Dan rimase immobile con la speranza di scampare per sempre a tutta quella situazione di pericolo. Effettivamente fu graziato da Mr. Hoffman, un altro al suo posto non avrebbe avuto quella possibilità. Così attese trepidante che lo liberassero del nastro adesivo che gli bloccava polsi e caviglie e rimase qualche minuto ancora in quel posto. Quando udì il rumore dell'auto che si allontanava con i suoi tre aguzzini a bordo, tirò finalmente un sospiro di sollievo e cercò di ricomporsi. Aveva in dosso solo gli slip, una maglietta a maniche corte bianca e i calzini fradici. Cercò lungo le mura di quell' immenso e vuoto seminterrato dove fossero finiti i suoi panni. E, illuminata da quell'unica lampadina che produceva una luce fioca, vide in un angolo la sua tuta da lavoro. Era ridotta quasi a brandelli, per sfilargliela di dosso gli avevano tagliato le maniche. Per cui se la infilò cosi, smanicata. Chiuse velocemente la cerniera sul davanti e si infilò le scarpe che trovò alcuni metri più in là, preferì togliersi i calzini bagnati e indossarle senza.

Aveva perso la cognizione del tempo, non poteva sapere se all'esterno era ancora giorno o notte. Fece le scale a fatica ancora frastornato da quella detenzione, poi aprì la porta e vide il cielo sereno di un colore rossastro che gli sembrò fantastico, la tavolozza dei colori al crepuscolo prendeva tonalità più tenui mescolandosi al giallo. Apprezzò quel tramonto come non aveva mai fatto in tutta la sua vita. Fece mente locale su che giorno potesse essere. Se aveva visto giusto doveva essere proprio mercoledì. Si mise a correre con tutte le sue forze, barcollante all'inizio, poi prese fiducia nelle sue gambe e proseguì tra le sterpaglie. Si girava con lo sguardo all'indietro mentre scappava via e vedeva quel casolare allontanarsi sempre di più, lasciando in lontananza tutte le sue paure. Si ritrovò dall'altra parte del fiume, vide il ponte in ferro e lo raggiunse per percorrerlo. Con le auto che viaggiavano a grande velocità, il ragazzo strascicava i suoi passi uno dopo l'altro in una corsa disperata. Alla fine del ponte si ritrovò all'ingresso del suo quartiere e intravide qualcuno che passeggiava lungo il vialetto del parco. Sfinito e senza fiato si fermò nei pressi di un passante e gli pose una domanda con un filo di voce.

«Scusi, che giorno è oggi?».

Quello spaesato gli rispose:

«E' mercoledì!». Guardandolo in maniera strana, sia per la domanda che per il suo aspetto.

«Grazie!», fece Dan felice come se quella risposta fosse la più bella del mondo. Un sorriso soddisfatto si stampò sul suo viso e dopo aver ripreso fiato continuò a correre verso lo stadio di Portland, con la speranza in petto che lei potesse essere lì davanti ad aspettarlo, con i due biglietti in mano.

Quella era la partita del secolo e nei pressi dello stadio c'era una bolgia infernale, un ingorgo di auto mai visto prima in città. Dan si districava tra il traffico zoppicando a causa del torpore che le sue cosce avevano raggiunto e per via della stanchezza provocata dal digiuno precedente. Finalmente arrivò davanti al piazzale, era l'orario d'ingresso. La partita si disputava in serata e la folla era in trepidazione ai cancelli. Alzò lo sguardo al di sopra della ressa, cercava disperatamente la sua Dorothy. Mille sensazioni gli solcavano la mente, con l'angoscia nel cuore seguitava a spintonare per farsi strada. C'erano famiglie con i bambini vestiti con magliette e bandierine rosse in mano. Gruppi di giovani con striscioni riportanti scritte che inneggiavano ai Mavericks. Una miriade di palloncini colorati presero il volo ed il suo sguardo fu rapito dal loro librare. Quando ad un tratto, si sentì chiamare tra la folla. Il frastuono della gente non lo fece girare subito, ma al secondo richiamo riconobbe quella voce celeste.

«Dan, sono qui!».

Il ragazzo si fermò, chiuse gli occhi e poi li riaprì sperando vivamente che tutto quello non fosse solo un bellissimo sogno. E poi le sue labbra si inarcarono all'insù in un sorriso paradisiaco che scacciava via tutte le ansie accumulate fino a quel momento. Lei era lì, bella come sempre, con i suoi capelli rossi, il foulard rosa intorno al collo e la maglietta rossa aderente con la "M" dei Mavericks stampata sul petto a risaltare i suoi seni ben formati.

«Dorothyyyy!», la chiamò con tutto il fiato che gli era rimasto. E corse verso di lei abbracciandola senza timore. La ragazza ricambiò, anche se in un primo momento rimase leggermente scossa dal comportamento sfacciato di Dan.

«Ma come sei conciato?». Lo guardò da cima a fondo, aveva la tuta da meccanico ancora sporca di grasso, con le maniche stracciate e un volto stravolto.

«Poi ti spiego, ora andiamo a vedere la partita».

Le cinse amorevolmente il collo con il braccio e si incamminarono dentro per lo spettacolo.

Quella sera i Mavericks persero la partita tra lo sgomento generale dei propri tifosi, ma a Dan e Dorothy poco importava. Furono le due ore più belle della loro vita. Risero e si divertirono un mondo su quegli spalti e tutt'ora ricordano quella giornata con piacere.

Oggi i due vivono in California, dovettero fuggire via dalla città dopo i fatti accaduti. Dan negli anni si è procurato davvero un cagnone meticcio di color nocciola e lo ha chiamato ovviamente "Buck".

I genitori dei due ragazzi poterono rimanere in città a detta di Mr. Hoffman, che accolse la richiesta di Dan per farli restare a Portland. Mentre lui e Dorothy cambiarono zona e si sposarono anni dopo, convivendo in una villetta californiana con il prato ben curato. Zio Ennio, seppur vecchissimo, prosegue ancora oggi a sfornare piatti tipici e deliziosi dal suo ristorante, dietro i suoi baffoni diventati ormai bianchi. Mentre i genitori di Dan continuano la loro vita tranquilla nel quartiere. Il padre, ora in pensione, la sera prosegue a guardare la televisione sul divano con una birra in mano, mentre la mamma è felice di andare a fare la spesa nel negozio sotto casa dando il buongiorno ai vicini, che adesso le rispondono tutti con garbo.

Col tempo Dan ebbe modo di scusarsi con suo padre per quel piccolo episodio successo a tavola. Si riconciliò con lui sia telefonicamente, sia quando i suoi genitori andavano a fargli visita in California una volta ogni tanto. Una cosa però rimase sempre nella sua curiosità e volle spiegazioni dal padre.

"Ma cosa successe veramente quella volta giù nel Vietnam?".

Be', la famosa cicatrice sul volto di Mr. Hoffmann gliel'aveva procurata proprio il signor Twice col suo pugnale in dotazione. Perché quel giorno, in quel capanno maleodorante a Saigon, il sergente Hoffman aveva ucciso soltanto un ragazzino disarmato e non un pericoloso Vietcong. Per quell'ignobile gesto si era preso anche gli elogi della medaglia al valore. Mentre il soldato semplice Twice restò come sempre umile e scelse di proseguire la sua vita nell'onestà e nel rispetto dei valori.

E così anche Dan decise di seguire le orme del padre e non quelle del danaro facile che la malavita poteva offrirgli.

Indice

Capitolo I
1.1 Consuetudine pag. 11
1.2 Vita da meccanico pag. 21
1.3 Disturbi notturni pag. 29
1.4 Danny Joe pag. 39

Capitolo II
2.1 Mr. Hoffman pag. 51
2.2 Prima seduta pag. 63
2.3 Il pupillo della banda pag. 71
2.4 Ai tempi del liceo pag. 79

Capitolo III
3.1 Inizio terapico pag. 87
3.2 Tra le mura domestiche pag. 95
3.3 Festa alla Lincoln High School pag.101
3.4 Maldicenze di quartiere pag.109

Capitolo IV
4.1 Scavare nel profondo pag.119
4.2 Avvisaglie intimidatorie pag.125
4.3 Il rapimento pag.131
4.4 La grande prova pag.137

Capitolo V
5.1 Anello di congiunzione pag.145
5.2 Desiderio di confessione pag.151
5.3 Il braccio della morte pag.159
5.4 Epilogo spazio tempo pag.171

Cenni storici e curiosità

La storia raccontata in questo romanzo è frutto della fantasia e narra le vicende di Dan Twice. Il suo non è un nome scelto per caso, la traduzione dalla lingua inglese ha un significato ben preciso e correlato a tutta la vicenda. Twice vuol dire "doppio, due volte". E viene contrapposto nel corso degli avvenimenti ad Halved ovvero "dimezzato, che dimezza". I riferimenti ad alcuni luoghi sono reali, il fiume Willamette solca la città di Portland nello stato dell'Oregon. Il ponte che unisce le due sponde è un mastodontico ammasso di ferro. Così anche la chiesa di St. Andrew, la Lincoln High School e le John Ross Tower sono strutture ubicate nella cittadina.

La squadra di baseball dei "Portland Mavericks" disputò davvero quella fatidica partita il 31 agosto del 1977. Era proprio un mercoledì e quella sera i Mavericks furono sconfitti 2 a 4 dai Mariners che si aggiudicarono il titolo della stagione. Quella fu l'ultima partita della squadra di Portland, dopodiché la società si sciolse.

Nel corso degli anni a venire cercarono di rimetterla in sesto, ma non ebbe più il clamore di quella mitica degli anni passati.

La "Cadillac Fleetwood Limousine" serie 75 della decima generazione, in produzione dal 1971 al 1976 era un' auto dal motore V8 e sviluppava 375 cavalli. Aveva i carburatori.

Il "metronomo meccanico" è lo strumento con il quale i musicisti tengono il tempo, la sua unità di misura è il bpm, battito per minuto. Il settaggio più lento è di 40 bpm con indicazione grave. Il marchingegno meccanico ha lasciato spazio a metronomi elettronici con l'evolversi della tecnologia.

La canzone "Time is on my side" del gruppo musicale Rolling Stones è del 1964 e il testo recita: il tempo è dalla mia parte, e tu tornerai correndo da me.

I sigari della marca "Trinidad" vengono venduti anche in cofanetti di legno con all'interno il marchio della casa produttrice che prevede le tre "T" sovrapposte.

La "Colt M1903 Pocket Hammerless" venne prodotta dal 1903 al 1945. E' una pistola semiautomatica di calibro 32 acp. con caricatore da otto colpi.

Il "Latte di Suocera" è un liquore italiano ottenuto da estratti di erbe e raggiunge la gradazione alcolica di 75 gradi.

Il "Black Mamba" è considerato uno dei serpenti più letali al mondo, l'antidoto conosciuto è il Saimr.

Le immagini in prima e quarta di copertina, che si consiglia di osservare bene nei dettagli, non sono state scelte a caso o semplicemente la storia gli è stata cucita addosso su misura come un abito di sartoria.

Il pendolo segna le ore 11:25 in punto.

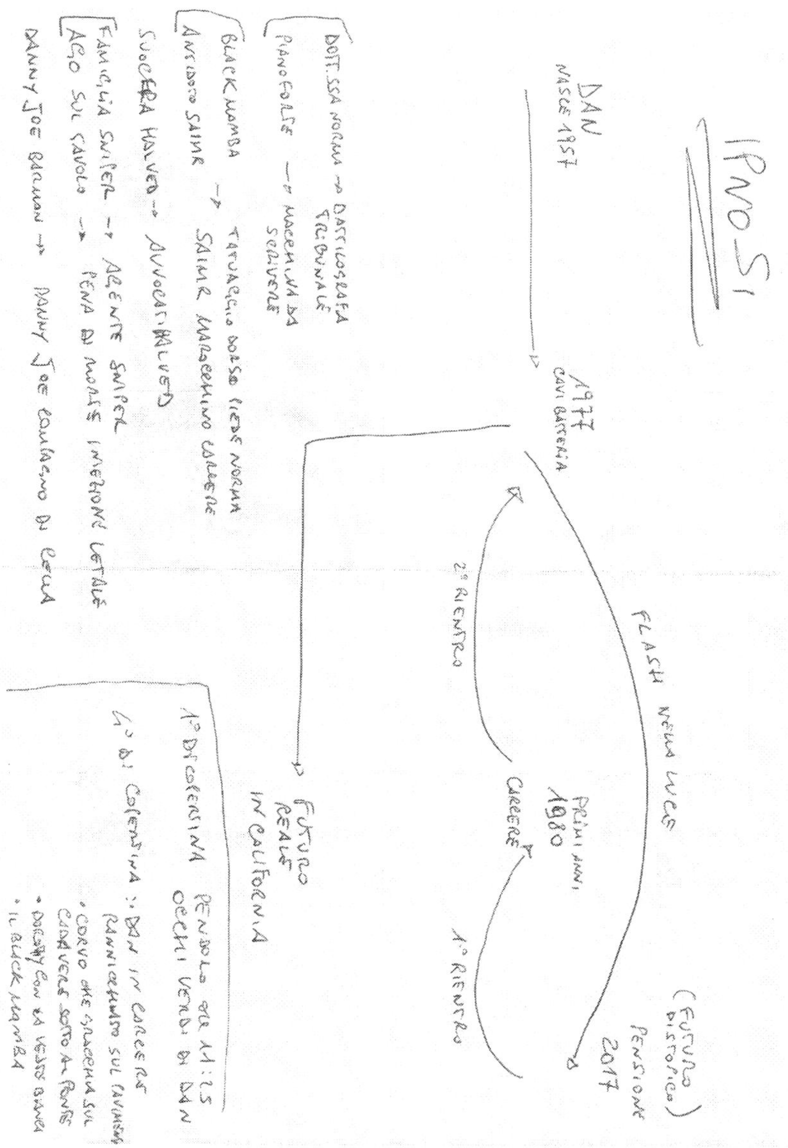
IPNOSI
DAN
NASCE 1957
1977
CAVI BATTERIA
FLASH NELLA LUCE
(FUTURO DISTOPICO)
PENSIONE
2017
PRIMI ANNI
1980
CARCERE
2° RIENTRO
1° RIENTRO
FUTURO
REALE
IN CALIFORNIA
DOTT.SSA NORMA → DATTILOGRAFA TRIBUNALE
PIANOFORTE → MACCHINA DA SCRIVERE
BLACK MAMBA → TATUAGGIO DORSO PIEDE NORMA
ANTIDOTO SAIMR → SAIMR MAROCCHINO CARCERE
SUOCERA HALVED → AVVOCATI HALVED
FAMIGLIA SNIPER → AGENTE SNIPER
AGO SUL TAVOLO → PENA DI MORTE INIEZIONE LETALE
DANNY JOE BARMAN → DANNY JOE COMPAGNO DI CELLA
1° DI COPERTINA PENDOLO ORE 11:25
OCCHI VERDI DI DAN
4° DI COPERTINA :: DAN IN CARCERE
RANNICCHIATO SUL PAVIMEN
• CORVO CHE GRACCHIA SUL CADAVERE SOTTO AL PONTE
• DOROTHY CON LA VESTE BIANCA
• IL BLACK MAMBA

IPNOSI
Nei meandri della mente

Romanzo Thriller
di Domenico Vasile
finito di scrivere ad aprile 2020
email: domenico.vasile@hotmail.com
Progetto grafico
di Domenico Vasile
Immagini di copertina
Front: Sguardo by app copertine per libri
Pendolo by Pixabay
Rear: Fear by Dietrich01 on Pixabay

Altre opere dell'autore

Domenico Vasile

Romanzi

Springletown 1980 (2005)

Una rapina malriuscita al ristorante innesca una rocambolesca caccia ai colpevoli. Sotto il sole cocente a stelle e strisce della contea di Springletown. Jim e Pinky scappano sia dalla polizia, capitanata dal Sergente Zimmer, sia dai malavitosi di Mr. Barretta. Una misteriosa valigetta contenente due milioni di dollari sarà oggetto di ricerca e desiderio per tutti.

Le avventure del Dott. Franz (2008)

Franz è un professore tedesco di chimica e fisica presso un liceo della città, schivo e riservato viene talvolta preso in giro dai propri alunni col soprannome di Dottor Franz. Grazie ai racconti meravigliosi di un suo amico egiziano di nome Kabir, rimane affascinato dall'Egitto e dai suoi misteri. A seguito di una vicenda che richiama l'amico alla sua terra natìa, anche Franz decide di lasciare la Germania ed intraprendere un lungo viaggio pieno di segreti da scoprire.

Il commissario Giuli (2009)

Romanzo ambientato nella Roma degli anni '70. Il protagonista, Giuli, è un commissario di polizia immerso nel suo lavoro che si ritrova travolto da una storia di omicidi e strane situazioni che lo portano ad appassionarsi ad un caso misterioso fino all'ossessione.

Racconti

I Racconti dell' Apocalisse (2005)

- L' Uomo di Chiesa
- Il Sogno di Jacopo
- L' Enigma
- Il Risveglio
- Lo Strano Caso di Eric Pressburg

La raccolta contiene cinque racconti collegati tra loro con il filo conduttore che troviamo all'inizio di ogni storia, estratto dalle Sacre Scritture. In seguito i racconti si sviluppano prendendone spunto, a volte con dei piccoli cameo altre con riferimenti ai versi iniziali. Dapprima il progetto partì con quattro racconti, come i quattro calvalieri dell'apocalisse in sella al cavallo bianco, rosso, nero e verdastro. Poi si aggiunse il quinto racconto che fu scritto anni dopo ed ha come versetto iniziale proprio un passo dell'apocalisse. Il cavallo bianco effettivamente può essere scisso in forza malefica e forza benefica, per cui i punti diventerebbero cinque, insieme al rosso che rappresenta la guerra, al nero la carestia ed al verdastro o pallido che raffigura la morte.

Racconti

I Corti (2004)

- A Cena con l'Assassino
- Capitan Battaglia e l'Isola dei Misteri
- Ladri di Biciclette
- I Diari di E. Simmons
- Scene di ordinaria Inciviltà
- Perchè un nuovo Giornale
- Nome in Codice
- Arcipelago

Raccolta di una serie di racconti brevi scritti tra gli anni 2004 e 2005, alcuni dei quali sviluppati in seguito a degli input forniti agli autori per la partecipazione a concorsi sui forum dell'epoca, ne fanno parte i penultimi due.

Raccolte Poetiche

- Travaglio Embrionale (1996)
- Clessidre di latta (2002)
- Confusi ricordi di un viandante immemore (2003)*
- Controluce (2003)
- Eterea (2004)
- In silenzio osservando il mondo (2005)
- Sensi di colpa (2005)
- Solstizio di luna piena (2006)
- Trinacria (2006)
- Viaggio pragmatico nei meandri del nulla (2007)
- Ritorno dall'oltretomba (2017)

*Da quest'opera ne uscì un Audiopoema musicato e recitato (2004)

Printed by Amazon Italia Logistica S.r.l.
Torrazza Piemonte (TO), Italy

47461824R00111